虫洞书简③

给青少年的99堂成长课

王溢嘉 著

台海出版社

北京市版权局著作合同登记号：图字 01-2021-4649

图书在版编目（CIP）数据

虫洞书简 . 3, 给青少年的 99 堂成长课 / 王溢嘉著
. −− 北京：台海出版社 , 2021.9
ISBN 978-7-5168-3121-2

Ⅰ . ①虫… Ⅱ . ①王… Ⅲ . ①散文集−中国−当代
Ⅳ . ① I267

中国版本图书馆 CIP 数据核字（2021）第 180265 号

虫洞书简 . 3, 给青少年的 99 堂成长课

著　　者：王溢嘉

出 版 人：蔡 旭　　　　　　　　　封面设计：仙 境
责任编辑：赵旭雯　高惠娟

出版发行：台海出版社
地　　址：北京市东城区景山东街 20 号　邮政编码：100009
电　　话：010-64041652（发行，邮购）
传　　真：010-84045799（总编室）
网　　址：www.taimeng.org.cn/thcbs/default.htm
E－m a i l：thcbs@126.com

经　　销：全国各地新华书店
印　　刷：三河市嘉科万达彩色印刷有限公司
本书如有破损、缺页、装订错误，请与本社联系调换

开　　本：880 毫米 × 1230 毫米　　　1/32
字　　数：145 千字　　　　　　印　　张：7
版　　次：2021 年 9 月第 1 版　　印　　次：2021 年 12 月第 1 次印刷
书　　号：ISBN 978-7-5168-3121-2

定　　价：49.80 元

写给心中"永恒的少年"

多年前，报社主编王秀兰忽然来信，邀我到"方向"专栏写稿，想来大概是因为我过去有两三本著作跟青少年励志有关，其中有几篇还被选入初中与小学的语文课本中，在外有些虚名，所以受到青睐。虽然我当时正在写些较适合中老年人看或较冷僻的东西，但也欣然答应邀约，除了想变换题材，作为个人写作的调剂外，主要还是因为这些年来，我对青少年有了较具体而深刻的看法与感情。

自从儿女成年出国后，虽然我的眼前与身旁不时会有青少年出现，但因为缺乏互动，老实说在我心目中，他们都只是"模糊的存在"。直至最近几年，我因为经常受邀到高中、初中，甚至小学给学生演讲，才与青少年有了较频繁而且直接的接触。在几百个人的演讲会场里，虽然有人昏昏欲睡，有人心不在焉，但总是能看到一些专注的面孔与期盼的眼神，似乎渴望我能带给他们一些东西。在随后的提问里，我也总是能听到几个让人莞尔又讶异的问题，他们希望我能为他们解惑。这些经验拉近了我和青少年的距离，他们不再是模糊、抽象的存在，而是有思有感、可亲可爱的具体对象。

他们就是你们，也是以前的我（我读高中时，也经常坐在礼堂里听一些老头子演讲）。每个时代、每个社会、每个人心中都有一个"永恒的少年"，你们就是"他"在当下的显影。你们唤醒了我的青春记忆，我在青少年时代有过的种种忧欢。虽然你们正青春年少，但很快就会告别它，而迈入成年。虽然我已白发苍苍，但我心中那个"永恒的少年"依然健在，如果有机会，"他"渴望能与你们共度一些美好时光。

　　就是基于这样的心思，我欣然在报社写了两年的专栏。虽然所有的文章都是为"永恒的少年"——当下的你们而写，但我所"认为"的青少年会喜欢或需要知道的，跟你们真正"想往"的，显然会有些差距，我只能"设身处地"地尽力而为。不过我还是想说明一下，我写这些文章的最大用意：我觉得"永恒的少年"除了指人生的一个阶段外，更代表一种心态——充满理想、热情、活力、喜悦、不断追寻、希望做出一切的心态；但它并非与生俱来，而是需要学习与教育。苏格拉底说："教育是点燃一个火苗，而不是填满一个容器。"我写这些文章，不是想"塞"给你们什么东西，而是希望能"点燃"你们理想、热情、活力、喜悦与追寻的"火苗"。点燃火苗需要火种，我提供给你们的火种，有可以作为学习榜样的典范人物，有发人深省的寓言故事，有信而有征的研究报告，品类繁多，期待你能从中听到一些召唤，受到某些启迪，看到几个许诺，从而点燃自己生命的火苗，并在它的照耀下，去发挥个人的潜能，实现自己的梦想。

　　文章在报上刊登时，因受篇幅限制，每篇不到六百字，现在结集出版，除了增添内容，让它们更周延外，并做了分类，重新安排顺序，希望让大家读起来较有脉络感。在刊登期间，有不少老师影印文章供学生阅读，听说还要写心得报告，我很感谢他们的分享与用心。也听到一些学生说："读你的文章对写作文很有帮助！"我觉得在考试时让作文得高分固然重要，但更重要的是"做人"，我文章里提到的很多人与事、观念和做法，不是只给你们"写文章"用的，而是要真正落实在生活里。如果你们觉得不错，那就要身体力行。

王溢嘉

目 录
CONTENTS

目 录
CONTENTS

目　录
CONTENTS

目 录
CONTENTS

目 录
CONTENTS

辑七　爱，使你不再沉重

目 录
CONTENTS

辑八 人间乐土何处觅

辑一

世界将因你而改变

在星巴克喝人生咖啡

如果你的人生看起来很贫乏，那要怪你自己，无法像个诗人召唤出生活的宝藏。

——里尔克（奥地利诗人）

如今在大城市里，到处可见星巴克（Starbucks）咖啡连锁店的招牌。如果你到星巴克喝过咖啡，那你是否发现，人生就好比到星巴克喝咖啡？

当你走进店里后，你不能坐在位置上等服务生来，而必须自己到柜台去点选咖啡。这是人生的第一课：没有人会把现成的人生送到你面前来，你必须自己去挑选。在你点了一杯咖啡后，你必须自行到调理台去加牛奶和糖。奶有全脂、脱脂和鲜奶，糖有砂糖、冰糖和代糖，另有肉桂、豆蔻等香料，你选择自己喜欢的牛奶、糖和香料，然后以不同的比例将其加入咖啡，调配出让自己满意的色泽、香气与味道。这是人生的第二课：老天爷只给你提供生活的基本素材，要怎么调配全靠你自己。同样的材料在不同人的调配下，可以出现截然不同的色泽、香气与味道。

如果你觉得生活沉闷、单调是因为缺乏新奇的刺激，那可能是因为你还没有了解生命的真谛。有一个故事这样说。

有位想了解生命真谛而四处追寻答案的人，上山去请教一位智者。智者说："答案就在山下的十字路口。"当他兴冲冲来到十字路口时，却只看到三家小店：一家卖金属，一家卖木料，一家卖绳线。这和生命的真谛有什么关系呢？迷惑的他又回到山上去问智者，但智者只淡淡地说："日后你自然会明白。"说完就闭上了眼睛。

在继续追寻了数年之后，他还是没有找到自己想要的答案。有一晚，在荒郊野外，他忽然听到非常美妙的琴声，仿佛就在向他诉说生命的真谛。他循声前往，看到一个老人在月光下弹着西塔琴①。老人的手，那细细的琴弦，那木头做的琴身，还有那金属片，让他一下子领悟了：木头、金属、长线这三种寻常东西，经过适当的搭配组合，在一个巧匠手中，就成了能发出美妙之音的神奇乐器。这也正是智者要向他开示的：美好的人生乃是由平凡的事物搭配而成，关键在于你怎么去演奏。

每个人都是自己生活的调剂师。生活沉闷，主要原因不是缺乏五光十色的刺激和千奇百怪的际遇，而是你对家庭、学校、学习、娱乐、亲情、友情、爱情等这些生活基本素材调配的比例和方法不对。人生就好比到星巴克喝咖啡、弹西塔琴，你不能坐在那里等待有什么"服务生"来提供给你生命的欢乐，而必须自行走上调理台，利用那几种基本材料，学习改善自己对人生咖啡的调配方法，直到产生让自己满意的色泽、香气与味道。而这，也就是你用来为自己演奏生命美妙乐章的西塔琴。

---

①西塔琴：印度拨奏弦鸣乐器，为木制长颈的琉特琴，是印度最重要及最流行的传统乐器。

生命意义的追寻

有所相信和有所热衷，让生命值得活。

——何梅斯（美国诗人）

有一个问题迟早会浮现在每个人的心头，那就是："我为什么活在这个世界上？"

人生似乎应该有一个目的，或存在某种意义。钱锺书三十一岁时，在《写在人生边上》里说，人生好像一本大书，我们每个人都在写书，也在看书，看着看着忍不住就在书边的空白处写上一个个问号或叹号。上述疑问似乎就有这种味道。但钱锺书提醒我们，人生这本大书一时不易看完，我们只能边读边做些小眉批。杨绛曾在《走到人生边上》里说，生命的意义或价值在于"修炼灵魂，完善自我"，这显然是在呼应钱锺书说的话。

如果你觉得杨绛的这个答案有点抽象，那么德国哲学家黑格尔的答案就非常具体了。黑格尔在和所爱的女人结婚，而且担任一所高等学校校长后不久，在写给友人的信里说，"我终于实现了我在这个尘世的目的"，他认为"工作和结婚是做人应有的主要目标"。一个伟大的哲学家怎么会说出如此"庸俗"的答案呢？但仔细想来，黑格尔的话却也是至理，因为结婚和工作背后的真正意义是"有人可以爱，有事可以做"，也就是生命的能量有了可以热情投注的对象——也许还要再加上"有理想可以追寻"，才更完整，因为建立一个哲学体系是黑格尔终生追求的理想，虽然他在这封信里并未提及。

杨绛跟黑格尔的答案看似风马牛不相及，其实是一体的两面。因为若问一个人要如何修炼灵魂、完善自我，爱人、做事和追寻理想正是主要的途径。在抽象的层面，生命的意义看似深奥玄妙，但若将之具体化，就会变得这般简单明白。

其实，生命的意义并没有什么标准答案，它是一个必须靠你自己去找答案的问题。一个人会对生命的意义产生疑问，一般说来，不是来自灵魂的不安或自我的不完满，就是因为生命的能量"无用武之地"。如果你正热爱某个人、某件事或某个理想，那你就会活得既快乐又踏实，觉得人生充满意义，而不会在那边问："我为什么活在这个世界上？"所以，劝你不要再闭门苦思，还是快快出门去发现、去寻觅让你的生命能量可以热情投注的人、事和理想吧！

老师的眼神

真正有智慧的老师，不会命令你迈进他智慧的殿堂，而是引导你跨入自己心灵的门槛。

——纪伯伦（黎巴嫩裔美国诗人）

人生虽然是自己的，但我们无法靠自己走上人生这条路，而需要有人引领。你会走上什么路，跟你的引路人很有关系。

一个享誉国际的科学家载誉而归后，专程返回山中的故乡，去探望他阔别三四十年的小学老师。已经退休的老师非常高兴，因为自己教出来的学生对人类做出了伟大的贡献；但也有点心虚，因为学生所发表的创见太深奥了，不是他能够理解的。

师生两人在校园内绕了一圈，坐到操场旁那棵高大的老凤凰树下。科学家看着满地的落花，一如童年时鲜艳，当年在此上课的情景历历在目，恍如昨日。科学家露出童稚般的笑容，说："老师，您知道我最怀念您的是什么吗？"已经很老的老师慈祥地看着几乎不认识的学生，心里一片空白。

"是您的眼神。"科学家像个腼腆的小学生，说，"当年您也许对我说过很多指引我前程的话，但我都记不得了，或是当时根本难以领会，我只记得当时您说这些话时的眼神。也许您见我当时年纪小，知道您说太深奥的话我也听不懂，所以只能用关爱的眼神来传达您对我的善意、爱心和期许。"

然后，他一瞬不瞬地望进老师苍老的眼里，真情流露地说："我这个乡下小孩，就是从老师您当年望着我的眼神里，看到了您对我的期许，看到了我的梦想，我的潜能，还有我的未来。"凤凰树上的夏蝉热切地鸣叫起来，老师的眼眶不禁湿润了，科学家的眼眶也有点发红。师生两个人就这样无言地互望着，彼此的心中充满温暖。

行为主义大师斯金纳说："教育，就是一个人把学校所学的东西全部忘光之后剩下的东西。"学校教育最令人感念的，不是老师传授的知识，而是在老师的关爱和启迪下，学生看到了自己的未来。中国有句俗语："师傅领进门，修行靠个人。"我们将来有何表现，主要靠个人的修行和努力，但如果没有老师的引领，我们可能连进门的机会都没有。但这个"门"，就像诗人纪伯伦所说，"真正有智慧的老师，不会命令你迈进他智慧的殿堂，而是引导你跨入自己心灵的门槛"。

老师是我们最常遇到的人生引路人，他点燃我们追求知识与生命意义的火苗，唤醒我们对自己的期望，让我们开自己的门，走自己的路，追寻和实现自己的梦想。这样的老师，永远让人怀念与感谢。

埋藏千年的种子

一千座森林的创造，来自一颗橡树种子。

——爱默生（美国文学家）

很多人抱怨说："别人的遗传基因好，天生就有数学头脑或艺术细胞，但我的祖宗留给我的只是一穷二白。"这种抱怨不无道理，因为一个人的表现除了后天努力外，还有先天因素，先天不良，的确会比较吃亏。但这种抱怨却也表示，你对先天禀赋和遗传基因有太多的误解。

科学界对这两个问题的了解，老实说都还在起步的阶段。禀赋是一种潜能，祖先数代都表现平庸，并不代表自身的遗传基因就欠佳或没有什么禀赋。禀赋或潜能就像埋藏在遗传基因里的种子，需要遇到特殊的环境才能萌芽，进而开花结果。永远没有人能单靠你的家族史，来断定你缺乏哪些禀赋或潜能。

有一则报道说，英国伦敦为了都市更新而拆除了一些老旧的屋舍，暂时闲置的空地在阳光和雨水的滋养下，长出了一片野花野草。植物学家惊讶地发现，其中有些花草竟然是以前在伦敦，甚至全英国都从未见过的，它们通常只生长于地中海沿岸地区。进一步追查才知道，被拆除的屋舍有部分是当年罗马人入侵英国时，沿着泰晤士河所建造的。专家因而推想，那些花草的种子大概就是当年随着罗马士兵从地中海来到了伦敦，它们在暗无天日的泥石中沉寂了一千多年，无声无息，但当再度见到阳光，得到雨水的滋润时，就立刻又恢复蓬勃的生机，开始生根发芽，绽放出一朵朵美丽的鲜花。

古往今来，各行各业都有一些天才型的人物，像文学家李白、科学家爱因斯坦、企业家乔布斯等，他们那光彩夺目的杰出表现，让人深深觉得除了个人后天的努力外，先天的禀赋更是相当重要。但专家去追溯他们的家族遗传史时，却发现这些天才的祖先在几百年甚至一千多年间，都是默默无闻的平庸之辈。从他们的遗传基因里，没有人能看出里面埋藏了诞生李白、爱因斯坦、乔布斯的"种子"。

一个人的潜能就好比埋藏在伦敦地底的种子，它们不死不灭，只会入睡。但不管沉睡多久，只要你给它们机会，为它们提供充足的阳光和雨水，它们就会苏醒过来，发育成长，开花结果。所以，与其怪罪祖宗没有遗传给你什么禀赋，不如先问问自己提供过什么阳光、雨水、机会和舞台给可能的种子？

青春没有年纪

在年轻人的颈项上，闪烁着事业心的高尚光辉，无任何珠宝能及。

——哈菲兹（波斯诗人）

人生的一大憾事是我们只能年轻一次，那绚丽如彩虹的青春岁月来也匆匆、去也匆匆，等我们惊觉时，它已经一去不回头，再也无法挽回。其实，只要你换个想法，把青春视为一种心灵状态，而非一段时光，那你不仅可以将它唤回，而且只要你愿意，你都可以一直保持青春。

英国作家普里斯特利在七十多岁时仍然创作不休，比多数年轻人更充满活力和梦想。他说他老来的情况就好比一个生龙活虎的年轻人在街上散步，忽然遭绑架，被送进一家剧院，给戴上灰白假发，画上皱纹，还有其他代表年老的东西，然后被推上舞台，面对观众。普里斯特利说："这就是我目前的状况，但在苍老的外表下面，我和年轻时候还是同一个人，有着同样的思想。"

青春指的是充满理想、热情、活力、喜悦，不断追寻、希望做出一切的心态。如果你能保有这样的心态，那不管年纪多大，都可以说"依然青春"。一个十五岁的小伙子，若整天死气沉沉、愁眉苦脸、毫无作为，又怎么能算"青春"呢？

毕加索说："青春没有年纪。"他甚至还说："人要花很长的时间才能变青春。"也许就是因为能这样想，所以不管他年纪多大，都给人充满活力、虎虎生风的感觉，绘画技艺也一再推陈出新。很少有人能有他那么多的创作量（遗世作品多达两万多件），也很少有人能活得像他那样久（九十二岁），而且死前还创作不休。他八十九岁时所画的《坐着的男人》，橘、绿、蓝色相间，依然有着鲜艳而奔放的色彩。

美国的麦克阿瑟将军，在第一次世界大战时就担任师长，战功显赫，三十九岁成为西点军校校长，五十七岁自军中退役。第二次世界大战爆发后，军方再度征召，已经六十一岁的他重披战袍，出任远东军总司令。有人问他不会觉得自己太老了吗？麦克阿瑟回答："你跟你的信念一样年轻，与你的怀疑一样年老；跟你的自信一样年轻，同你的恐惧一样年老；跟你的希望一样年轻，和你的绝望一样年老。"结果证明他的确宝刀未老，在和日军浴血苦战后，终于获得光荣的胜利。

也许你正值青春年华，也许你已满头白发，但不管如何，你都要记住：真正的青春应该充满梦想与热情，永葆信念、希望和活力，以喜悦之心去追寻生命的意义。

心容两个银河系

对立的紧张造成和谐，就像弓与七弦琴。

——赫拉克利特（古希腊哲学家）

尘世间的每样东西、每件事情，最少都可以有两种不同的看待观点，多数人会因喜欢某个观点而排斥或不想知道其他观点，但一个聪明人则会尝试了解各种观点，并将它们都放在心上。

你应该知道，非洲最南端有一个突出的岬角叫作"好望角"，因为登上此岬角，可以同时眺望大西洋和印度洋美丽壮阔的景色。但它原名叫作"风暴角"，因为该处海域气候多变，暗潮汹涌，曾有不少船只在此发生事故。所谓"横看成岭侧成峰"，不同的角度能给人不同的观感，"好望角"显然比"风暴角"更受欢迎，但再美好的称呼也无法阻止风暴的发生，若能对两个"角"兼容并蓄，不仅比较妥当，意义也会更加丰富。

在夜里仰望星空，你可以有神话观点：在希腊神话里，璀璨的银河是天后赫拉在推开偷吃她奶水的小赫拉克勒斯时，因用力过猛，乳汁从她的乳房喷洒而出，在天上形成的点点白光。英文里的银河（Milky Way），直接翻译过来就是"乳带"。而在中国神话里，银河是王母娘娘为了阻隔牛郎和织女，拔下头上的金簪一挥，所形成的天河。但牛郎织女的爱情感动了喜鹊，每年七夕，千万只喜鹊会在天河上搭起鹊桥，让他们相会。

你也可以有天文学观点：当代天文学告诉我们，单单是人类所在的银河系，就有几千亿颗星星，我们看到的只是其中的一小部分而已。分处银河两边的牛郎星和织女星，两者相距十六光年（以光速通讯，来回就要三十二年）。不只我们的银河系，宇宙中所有的星球都是由约一百三十七亿年前的"大爆炸"产生的，绝大多数的星球跟月球一样，都是一片死寂和荒凉。

当你认为星空是由无数生动的神话所组成时，众神就在夜空中喧哗，显得热闹无比；当你认为它是由无数荒凉的星体所组成时，无边苍穹的永恒无言，就会让人感到寂寥。不同的观点似乎在反映不同的品味，让人产生不同的感受。就好像对生命的理解，你可以说它是由无数感人的故事所组成，充满了悲欢离合；也可以说它是由无数精密的细胞所组成，有着复杂的新陈代谢。

你可以有所偏好，但你不能说这个观点绝对比那个观点好，因为一个是人文，一个是科学，两种观点都各有所长，也各有所短，但都是必需的。对它们兼容并蓄，才是头脑清楚、心灵丰饶的人应有的态度。

有限里的无限

即便把我关在果壳之中，我仍然自以为无限空间之王！

——莎士比亚（英国剧作家）

有人说："为了发挥潜能和创意，我们要勇于挣脱一切束缚。"话虽没错，但有时候，安于某些束缚，反而能释放你的潜能和创意。

被关进监牢，肯定是一种束缚。但很多作家却都在入狱时写出他们最具代表性的著作，比如塞万提斯的《堂吉诃德》、班扬的《天路历程》，还有柏杨的《中国人史纲》等，都是作者在狱中完成的。因为对于这些人来说，失去自由的牢狱生活反而能让他们更沉潜、更专心地去思考和工作，激发出更多的潜能和创意。

有人甚至还会主动给自己束缚，比如古希腊的雄辩家德摩斯梯尼，将头发从中间剃掉一半，让自己"见不得人"；而法国小说家雨果在写作时，则是先脱下衣服给仆人带走，交代他必须等到什么时候才能将衣服还给他。这些束缚的目的都是让自己不受外界诱惑的干扰，能更专心于目前的工作。

广告是最需要创意的，但有"广告界教皇"之称的奥美广告公司创办人奥格威，在对新进员工做新生训练时，一定会当场宣读该公司员工必须遵守的十一条戒律，包括好广告的定义，广告标题和内文的写法，插图的安排，如何为客户树立形象品牌的方式，言谈举止的规矩，等等，每一条戒律都附带详细的说明和实例。然后说："如果你想在奥美广告公司任职，你就必须遵守；如果你觉得这是在束缚你，那请你及早离开。"

这看来似乎和"广告要有创意，就不能墨守成规"的观念背道而驰，但奥格威却强调"法则"在广告创意和艺术创作里的重要性，比如莎士比亚是依照僵硬的格律和行数去写十四行诗，而莫扎特也是遵循固定的章法去谱写奏鸣曲的。就是因为有这些规范和束缚，艺术家才能创作出更精致、优美的诗歌与音乐。科学领域遵循的则是更严格、普遍的律则，但有哪个科学家会抱怨说，因为物质受到僵硬的物理和化学定律的束缚，而使他们动辄得咎、无所创新、提不出新见解呢？

为了发挥潜能、释放创意，有些束缚你必须挣脱，但有些束缚则是你应该拥抱的。只有缺乏创意和才华的人才会抱怨生命只有区区数十年，画布只有二乘三尺，五言绝句只有二十个字，还必须押韵、讲究平仄对仗，而使他处处受限，无法尽情挥洒。无限的潜能和创意，只有在有限的空间里才能表现得最亮丽。

世界将因你而改变

你摇撼一朵花，就一定会骚动一颗星星。

——汤普森（英国诗人）

在人生的舞台上，你是否会觉得自己只是个可有可无的卑微的存在，没有什么社会价值，更不可能有什么历史地位？但这其实是观点的问题。首先，你的人生还很长，说不定哪天你会摇身一变而成为大人物，大可不必现在就先妄自菲薄。再者，即使你确实只是个小人物，但若从物理学的"混沌理论"来看，不管你多渺小，你的一言一行都可能对社会、国家和人类带来重大影响。

你的存在应该不会比公园里的一只蝴蝶渺小吧？从"混沌理论"引申出来的一句气象学名言说："世纪公园里的一只蝴蝶拍一下翅膀，一个月后，在美国的佛罗里达州就产生了一场飓风。"怎么说呢？因为世纪公园里的这只蝴蝶拍动翅膀时，引起周遭气流小小的变化，这些小小的变化又影响邻近区域的气流、气压和气候，结果就像多米诺骨牌一般，发生连锁反应，由近而远，相激相荡，最后竟在遥远的佛罗里达州酝酿出一场飓风来。

它有一个专门称谓，就叫作"蝴蝶效应"。人间的起伏转折、相激相荡，比气象有过之而无不及，正如这种"蝴蝶效应"。

比如我们也可以说："淮阴河边某位洗衣妇的一句话，改变了中国历史。"

众所周知，韩信少年时游手好闲，常向河边的一位漂母（洗衣妇）要饭吃。漂母有一天对他说了一句激励的话，韩信因惭愧而奋发，后来投入刘邦麾下，屡战屡胜，最后逼得项羽在乌江自杀。如果没有这位无名洗衣妇的一句话，韩信此后的人生也许就会不一样，而整个中国历史也将因此而改写。

在历史和人生的舞台上，大家总是注意和羡慕那些风光亮丽的大人物，却忽视默默存在于角落的卑微小人物。其实，他们都是"混沌中的蝴蝶"，没有这些小人物，可能就不会有那些大人物和他们的丰功伟业，而整个历史、整个社会和世界可能都不会因此而改观。

芸芸众生中的你，正是这样一只蝴蝶，看似卑微渺小，无足轻重，但你所说的某一句话、所做的某一件事、所踏出的某一步，都有可能像涟漪般扩散开来，引发其他连锁事件，最后掀起滔天巨浪，社会的命运、国家的命运，甚至整个人类的命运，都有可能因此而发生改变。你怎么可以妄自菲薄呢？

水与杯，金玉与败絮

不要用我的外表来衡量我。

——拜伦（英国诗人）

有一个少年住在狭小而老旧的公寓里，家里只有两个房间，父母住一间，他和弟弟挤一间，客厅和房间的陈设也都非常简陋。有一天，老师来做家访，少年站在母亲旁边显得局促不安，似乎对自己的居住环境感到很自卑。

老师看在眼里，改天，就请少年到他家里做客。少年看到老师家虽然不能说豪华，但也比自己家宽敞舒适许多，正局促之间，老师端出两杯水放在茶几上，一个是很高雅的水晶玻璃杯，一个则是很普通的白色塑料杯。老师微笑着说："我刚刚喝过了，这两杯都是给你的。你喝喝看。"少年于是先拿起水晶玻璃杯一饮而尽，杯子虽然看起来颇大，但里面装的水并不多，而且淡而无味，仅是白开水。然后他又拿起白色塑料杯，塑料杯虽然较小，但水却装了很多，且喝起来甘醇无比，好像是加了蜂蜜。

少年喝完后，老师问他有什么感想，少年一时不知如何回答。于是老师说："人生很多事情就像这水与杯子，我们真正要品尝的是水，但多数人在意的却是装水的杯子，千方百计想要拥有看起来美观、高雅的杯子，反而忽略了要喝的水的品质，这是一种严重的本末倒置呀！家庭也一样，一个家重要的不是它外表多豪华气派，而是家人之间温馨的亲情。住在上亿元的豪宅里，家人之间却非常冷漠，就好像高雅的水晶杯里装的是平淡无味的冷水，又有什么用呢？"少年听后，明白了老师的意思。他的家庭很温暖，又何必在意它的简陋？

不只家如此，人也是如此。我们的容貌和穿着就像杯子，而内在的人格和才华就像杯子里面的水，它们才是真正重要的部分。明朝开国功臣刘基有一篇《卖柑者言》，说杭州有一个卖柑橘的小贩，到了夏天还在卖只有冬天才有的柑橘，而且外表金黄油亮，新鲜饱满，就像刚从树上摘下来的，虽然很贵，但买的人很多。刘基买了一些，回家后剥开柑皮，却发现里面的果肉干缩得像破旧的棉絮一样，很难吃。他去责问卖柑橘的小贩，小贩却说不只他卖的柑橘如此，社会上有很多高官和贵人，住的是华美豪宅，吃的是山珍海味，骑的是高头骏马，看起来道貌岸然、品位高雅，但有哪一个不像他所卖的柑橘，表面如金似玉，内里却像破旧的棉絮呢？

"金玉其外，败絮其中"这句成语就是从这里来的。不管看什么、做什么，我们都不能被外表所迷惑，而应该注意内在，那才是最重要的部分。

八〇二〇人生哲学

快乐的秘密是对生活琐事有真正的兴趣，并将它们提升到艺术的层次。

——莫里斯（英国作家）

经济学里有一个奇妙的"八〇二〇定律"，它最初由意大利的经济学家帕累托所提出，因为他观察到意大利百分之二十的人口掌握了全国百分之八十的财产；后来还发现，这个财富分配定律亦普遍适用于多数国家。随后，该定律又被延伸到很多领域，比如一个公司百分之八十的收益来自公司百分之二十的产品或客户；有百分之二十的人可以实现他们百分之八十的愿望，而百分之八十的人却只能实现他们百分之二十的愿望。

"八〇二〇定律"甚至被认为是一种"宇宙法则"，比如对人至关重要的氧气只占空气的百分之二十，人体有百分之八十的成分是水，虽然必需，但却很平常。在一班的学生中，成绩好的只占百分之二十，漂亮的女生也只占百分之二十，其他百分之八十都是普通或比较差的。中国的一句老话"人生不如意事十有八九"（不如意的人生占了百分之八十），说的大概也是这个意思。

的确，绝大多数人的人生，有百分之八十的时间即使不是

"不如意"，但也都花在一些无谓或无趣、一再重复的琐事上，比如吃饭、睡觉、读书、做功课、上班、做家务……而真正发生让人意气风发、惊喜交集、心醉神迷事件的美妙时刻，比如出国旅游、比赛得奖、考上第一志愿、和自己喜欢的人谈恋爱、结婚……可能还不到百分之二十。有人因此而得出"八〇二〇人生哲学"：人生的精华就在那些美妙而短暂的时刻，我们要为它们而活，将百分之八十的无趣时间当作是百分之二十美妙时刻的酝酿或准备阶段，就好像你辛苦工作或上课五天，然后有两天的假期可以出去游玩一般。

能够这样想，当然也不错，因为它可以让我们为了得到美好的收获，而忍受长时间的耕耘。但如此一来，人生大部分的时间就都成了换取美妙时刻的一种"过渡"或"工具"，它们本身好像失去了自己的意义。

其实，更积极的或者说真正的"八〇二〇人生哲学"应该是：人生虽然因为那百分之二十的美妙时刻而显得迷人，但一个人要想经常觉得快乐与满足，却必须对那百分之八十的时间内所做的事，包括读书、做功课、上班、做家务、等车、吃饭、理发、浇花、倒垃圾……感到喜悦。因为那才是每个人大部分的人生，而我们真正需要的，也是这种能将平凡视为喜悦的人生哲学。

做出人生"美食"

咸有咸的滋味，淡有淡的滋味。

——李叔同（中国著名音乐家、书法家）

电视上有很多美食节目，介绍各地的美食，更有厨师教大家如何用简单的食材烹调出美味的佳肴。其实，人生就好比一道菜，这道菜的滋味如何，主要看烹调者的技艺，而我们每个人就是自己人生这道大菜的厨师。

近年来经常在电视上出现的台湾地区知名厨师阿基师，他不仅厨艺好，而且待人诚恳、生活朴实，受到很多人的喜爱。他说他的人生就好像一道"酸辣汤"，酸甜苦辣咸通通在里面，虽然五味杂陈，但在巧妙的搭配和调和下，做出来的却是色香味俱全的佳肴。

阿基师的父亲也是厨师，开了一家小吃店，阿基师从小耳濡目染，特别喜欢做菜，小小年纪就经常利用父亲午休的时间，自己炒菜给上门的客人，从而博得客人的赞许。以厨师为业是他的志向，也是他的兴趣所在。

后来他果然成了大饭店的主厨，结婚后自己开餐厅也赚了不少钱，这是他生命中的甜。

为了学得好手艺，他曾经一个晚上吃下十几个煎坏的蛋，手指被切得血淋淋，身上被烫得红肿，这是他生命中的苦与辣。

谁承想原本风光又快乐的他，却因母亲替人作保而背负七百多万的债务。为了还债，他卖掉房子，一天接四份工作，从凌晨忙到深夜，回家后一身鱼腥味，还不敢睡到太太身边。这是他生命中的酸与咸。

如今他终于苦尽甘来，他十分珍惜这份来之不易的幸福，同时觉得正因为有这些酸甜苦辣咸，他的人生才更有滋味，也更值得回味。

虽然阿基师现在名利双收，但他还是跟从前一样省吃俭用、待人和气，骑摩托车赶通告，一个月只花两三千块，就像他所说："人要懂得不被物质诱惑影响。"看他的所作所为，听他说的话，我们只觉得他是出于一片真心，没有半点虚假。他不仅真诚工作，更真诚做人和待人，是一个值得大家学习的榜样。

我们要向阿基师学习的，除了如何将生命中的酸甜苦辣咸，调合成一道美味的酸辣汤外，更应该懂得行行出状元，重要的不是你从事什么工作，而是你要热爱自己的工作，看重自己的工作，赋予工作特别的意义和尊严。说"职业无贵贱"也许陈义过高，但你至少要知道，一流的厨师胜过二流的画家、三流的医生。

奇异的访客

我们知道我们是什么，却不知道我们可以成为什么。

——莎士比亚（英国剧作家）

有一则寓言说，一个历史学家死后到了天堂，遇到圣彼得[①]。他知道圣彼得无所不知，于是向他请教说："彼得大圣人，我研究军事史多年，心中一直有个疑问，您能否告诉我谁是有史以来最伟大的将军？"圣彼得看看四周，然后指着某人，说："就是他，他就是有史以来最伟大的将军。"历史学家一看他指的那个人，不禁苦笑，说："我认识那个人，但他在世时只是一个普通的工人呀！"圣彼得回答说："没错。但如果他去从军的话，他就会成为世界上最伟大的将军。"

乍听之下，让人感觉一头雾水。其实圣彼得的意思是，那位工人具有军事方面的潜能，可惜在世时没有得到发挥的机会，结果就被白白糟蹋了，只能以当个普通的工人终了。莎士比亚说："我们知道我们是什么，却不知道我们可以成为什么。"除了上帝和圣彼得外，也许真的没有人知道你有什么潜能，将来又能成为

---

①圣彼得：耶稣的大弟子，也是耶稣最喜爱的得意门生，基督教早期领袖。

什么了。

另有一则寓言说，有一个老人，在生命的最后时刻，孤独地躺在病床上。他时而清醒，时而陷入昏睡。有一天早上，他从昏睡中醒来，看到一群人聚集在他的床边，他们有着可爱的脸庞，却神色悲伤。老人看着他们，起先有些困惑，但后来似乎想起了什么，他露出一个无力的笑容，低声说："你们一定是我小时候的玩伴，现在要来跟我说再见的。能够再度看到你们，我非常高兴。"

那群人中最高大的一位屈身向前，温柔地握住老人的手，说："没错，我们都是你最好而且最老的朋友，但在很久以前，你却一一遗弃了我们。"老人的脸上再度露出困惑的表情。只听那人继续说："我们是你未实现的希望、梦想和计划，你曾经对我们是那么着迷，充满了热情，但没过多久，你就放弃了。我们是你那未经琢磨的特殊才华，是你不曾发现的独特禀赋，你的疏忽和怠惰，使我们有志难伸。"老人的脸上露出一丝怅然。那人哀伤地说："老友，我们不是来安慰你的，而是要跟你一起死亡的。"

这则故事的确让人有点感伤，但也不失为温馨的提醒：你的潜能，不只是等待你大刀阔斧去开挖的金矿，更可能是被你疏忽和遗忘、有志难伸的老友。还好，你现在还年轻，要及时把握，好好善待它们，不要等到将来有一天，它们在你那逐渐远去、消失的梦中高喊"救命"，到时就悔之晚矣！

请你不要踩我的梦

请你轻轻踩，因为你正踩在我的梦上头。

——叶芝（爱尔兰诗人）

以《小王子》这本儿童文学经典而享誉国际的圣埃克苏佩里，在提到他的童年往事时，略有遗憾地说："我六岁时画了一张'蟒蛇吞大象'的画，扬扬得意地拿给大人看，但大人的反应……是叫我将蟒蛇这档事完全抛到九霄云外，而要专心去读地理、历史、数学和文法。我因此在六岁时就放弃了可能颇有成就的艺术生涯。"

圣埃克苏佩里的正式职业是飞行员，《小王子》就是以他从巴黎直飞西贡（越南胡志明市旧称），而在利比亚沙漠坠机的真实经历为背景写成的，但想来他小时候的第一志愿是要当个画家。如果不是因为他后来成了名，大人当年对他刚萌芽的创意泼冷水的往事也没人知晓、理会。显然，有更多人都因为在童年时代经历过类似的遭遇，而失去了"可能颇有成就的创意生涯"。

一个人在儿童、少年时代表现出的特殊天赋、喜好和创意，除了被大人泼冷水，或像莫扎特那样，由父亲热情提供有利环境、给予技术指导外，其实还有另一种命运，那就是类似于勃朗特家族的孩子们的自发式写作，他们这种自发性的兴趣，几乎没有受到大人的任何干扰。

夏洛蒂、布兰威尔、艾米莉、安妮四位姐弟在十岁左右就开始认真投入写作，先是用玩具编出充满想象力的故事，进而扩充成剧本。这些写作的一个特色是，都用小字写在袖珍的手制书上，因为字太小且扭成一团，大人除非用放大镜，否则根本无法阅读。他们的父亲对这些创作的唯一意见是"字要写得清楚一点"。这些创作当然很不成熟，但没有来自大人的任何鼓励或者批评，四个孩子就自得其乐地写个不停，自我累积经验。后来，他们多以写作为业，夏洛蒂的《简·爱》、艾米莉的《呼啸山庄》、安妮的《艾格妮丝·格雷》等更成为脍炙人口的小说。

存在主义哲学家与小说家萨特，六七岁时就开始写作，并从写作中找到自我。在九岁时，他曾写下这段话："我写故我在……我的手腕和笔赛跑，手腕经常生疼……我为写而写，不会因此懊悔。若有人因此读我的文章，我就会想取悦他人，我就又成为奇迹。秘密的写作才能使我保持真实。"大人的任何干预，都有可能扭曲孩子真正的自我。

对儿童、少年时代刚萌芽的创意，大人应该如何对待，恐怕没有一个简单明确、放诸四海皆准的标准答案，而需因人而异。但不管怎么做，最好都记得诗人叶芝所说的："请你轻轻踩，因为你正踩在我的梦上头。"

辑一 世界将因你而改变

027

辑二

做个不受人惑的人

请回答"我是谁"

自我是有待创造的某种东西。

——萨斯（美国精神医学家）

"我是谁"是个迷人又恼人的问题。迷人，因为回答了它就等于回答了人生最基本也最重要的问题；恼人，因为当你认真去想时，却发现很难找到一个满意的答案，经常是越想越头痛、越迷糊，最后只好放弃。等下次再发问，也许是两年或十年后的事情了，结果，活了大半辈子，还不晓得"我是谁"。

对于此，真正的问题不是大家没兴趣去想，而是想得不太对。因为多数人都想用一句简单的话来形容或界定自己，也就是犯了"将我放在一个篮子里"的谬误。心理学家为了解一个人的自我概念，会请受测者完成"我是——"这样的句子，但不是填进一个词，而是二十个，也就是将"我"放在二十个篮子里。

每个人的答案各有千秋，比如"我是小甜甜""我是好公民""我是梦想家""我是单身女青年""我是不见棺材不掉泪""我是孤独的"……从这些答案中，不仅可以看出一个人如何界定自我，还可以看出其他讯息。比如"我是好公民"强调社会角色及与他人的关联性，"我是梦想家"主张个人的特殊性，"我是不见棺材不掉泪"在说明主观个性，"我是孤独的"则在描绘情绪基调。大体而言，从这些描述中，可以看出一个人的个性、心情、兴趣、理想、价值观等。

研究者发现，像中国、印度等亚洲人，有百分之二十至百分之五十二的自我描述涉及"集体自我"，而欧美等西方人则只有百分之十五至百分之十九。反之，强调"个人特质"的自我描述，西方人则明显比东方人多出许多。另外，有些人觉得要对"我"做出二十个不同的描述相当困难，但有些人却觉得意犹未尽。一般说来，一个人能做越多样的自我描述，表示他的自我概念越丰富，生活越多姿多彩，生命的根基越宽广厚实，越不会在风雨中飘摇、进退失据。

如果你想要"做自己"，那就请先回答"我是谁"——拿出纸和笔，写出二十个答案。如果刚开始写不出那么多答案，也不必胡乱填写，但要记得放在心上，待找到适当的答案时就立刻补充上去，或以更好的答案去取代不再喜欢的答案。这二十个答案就好像你生命舆图里的二十个定位点，不仅能让你更清楚、更具体地看到你的自我概念，而且可以用来修正你的人生航向。

林肯雕像下的石匠

相信英雄事迹，造就出英雄。

——狄斯累利（英国前首相）

美国首府华盛顿有很多景点，林肯纪念堂是必游之地。走进那仿希腊神庙的古典建筑，中间就是高大的林肯石雕坐像，右侧墙上则雕刻着他那有名的葛底斯堡演说词。它让人想起的不仅有美国内战、解放黑奴，还有当年将演说词刻在大理石墙上的工匠——安东尼·拉马纳的传奇人生。

拉马纳出生于意大利西西里岛的山村，十二岁就到采石场干活，这原是村里的男人千百年来难以摆脱的命运。在十六岁时，拉马纳毅然离开家乡，跳上一艘货轮前往美国。他先是干些粗活，后来成为石匠，在兴建林肯纪念堂时，他被选去雕刻葛底斯堡演说词。在日复一日的工作中，林肯的雕像不时映入他的眼帘，林肯让他想到了自己，他目前的艰苦和林肯早年的经历非常类似，但林肯后来成了律师，又当上了美国总统，拯救陷于危难的国家，并发表不朽的演说，而他现在正负责把那份演说刻在大理石上，供后人瞻仰。

也许是冥冥中受到了熏陶，有一天，当他再度凝视林肯的雕像时，他对自己许下一个宏愿：也要成为一名律师！于是他到夜校补习，并利用白天的空闲时间读书。工友们都笑他看雕像看呆了，居然想做"林肯第二"，但他一点也不在意。后来，他考上了法律学校，得到硕士学位，果真成为一名律师，在华盛顿和纽约执业，而且表现出色。

也许，每个人在寻找自己的人生愿景时，都需要有一个凝视的对象。以《先知》一书而闻名于世的黎巴嫩裔美国诗人纪伯伦，十八岁在埃及时，每星期有两次到吉萨，坐在金色的沙丘上，凝视着金字塔和狮身人面像，他说："在艺术现象面前，我的心如同小草在飓风面前颤抖。那个狮身人面像对我微笑，让我心中充满甜蜜的惆怅和欣悦的凄楚。"也许，就是这样的经历，使他后来所写的诗和文章都充满了狮身人面像般的寓意。

荷兰画家凡·高说："凝视星星，让我做梦。"所谓人生的追寻，经常是灵魂通过眼睛这个窗口去寻找与它契合、可以忘情凝视的对象。不同的人有不同的契合与凝视的对象，但不管你凝视什么，只要凝视的时间够久、够专心，你就会听到一种召唤，受到某种启迪，看到一个许诺。

三面夏娃，四个"我"

你是自己最大的敌人，也是自己最好的朋友。

——泰勒（英国神学家）

有一部很有名的电影叫《三面夏娃》，讲述的是美国南方一名女子因心理困扰而去看精神科医生，结果发现（经过催眠）她是个多重人格患者，除了大家平常所认识的那个"家庭主妇"外，还有另外两个"我"：一个理智独立，另一个狂野放荡。她的困扰就来自这三个"我"的冲突。

一般人的内心冲突虽然不至于这么严重，但多少也都能感觉到自己好像有好几个"我"。事实上，精神分析大师弗洛伊德就说，人有三个"我"：依快乐原则行事的"本我"，依现实原则行事的"自我"和依道德原则行事的"超我"。心理学家希金斯也认为，人有三个"我"：在日常生活中看到的"现实我"，在各种社会规范要求下的"应该我"与自己心目中所梦想的"理想我"。蒙达·哈特尔则说，人有"身体我""行为我""心理我""社会我"四个不同的"我"。

现在大家都主张，一个人要"做自己"。但恐怕你要先问一下自己想做的是哪个"自己"、哪个"我"？前面专家所说的几个不同的"我"，表示你在这个尘世有很多不同的角色和需求，它们经常处于冲突状态。如果彼此之间能有一种均衡、和谐的关系，比如"本我""自我""超我"都能获得适当的满足，而"现实我""应该我"与"理想我"也都非常接近，那就会让人有快乐、充实、幸福、圆满的感觉，而且你也会因此有比较高的自我评价或自尊。

反之，如果有些"我"过度膨胀，有些"我"太萎缩，彼此之间不成比例，比如"现实我"和"应该我"的差距很大，那就会让你感到罪恶、羞耻；"理想我"和"现实我"的落差若很大，则会让你感到失望、挫折，自尊也会因而受损，严重的还会造成精神疾病。

苏格拉底说"认识你自己"，最少有三或四个"你"等着你去认识，他们各不相同，也各有需求。想好好"做自己"，就应该像一个慈祥的母亲对待自己所有的孩子般，了解并接纳你的每个"我"，给予他们应有的照顾和适度的教养，让他们不要有太大的差距，让每个"我"都能有合宜的表现，而且彼此和睦相处，这样你才能有一个快乐、充实、幸福、圆满的人生。

芭比娃娃与猩猩

在禀赋与世界需要的交叉点，躺着你的事业心。

——亚里士多德（古希腊哲学家）

人生，不仅是自我追寻的历程，也是自我认识的过程，我们一边追寻，一边认识自己。在青少年时代，我们最需要认识的莫过于自己的天赋或兴趣。天赋是先天具备的，兴趣是后天发现的，但两者经常互为表里。一个人如果对某种东西特别感兴趣，那表示他对它有特别的感受力或理解力，而这其实就是一种天赋。将来你从事的工作如果能符合自己的兴趣，让天赋得到充分发挥，那不仅是一件幸福的事，也很可能会有比别人更杰出的成就。

有一个男孩从小就跟其他人不一样，他不喜欢玩具汽车，也不爱看卡通片，却喜欢芭比娃娃，爱剪纸折纸。对一个男孩子来说，这种兴趣太特殊了，他也因此经常受到亲友的嘲弄。幸好他的母亲不但不禁止他，还鼓励他朝自己喜爱的方向发展。他九岁就随父母移民海外，初中时在东京学习雕塑，高中阶段赴巴黎求学，后来在纽约帕森斯设计学院主修设计，毕业后即进入知名设计师的工作室实习。他十四岁就自制娃娃在网上拍卖；十六岁开始为玩具公司设计玩偶衣服；二十六岁荣获"国际时装新兴之星"

奖；二十七岁时，更因为美国前第一夫人米歇尔·奥巴马设计参加奥巴马总统就职典礼的礼服而声名大噪。

他就是现在炙手可热的华裔服装设计师吴季刚，一个认识、听从自己的天赋和兴趣，为自己开创璀璨人生的人。

有一个女孩，在她两岁生日时，父亲送她一只猩猩布偶当礼物，这只相貌并不乖巧的猩猩布偶也许会让很多女孩做噩梦，但她却爱不释手。十岁生日时，外婆又送她一份更特殊的礼物——一棵山毛榉树。她和这棵树建立了特别亲密的感情，经常一个人爬到树上做学校的功课，阅读人猿泰山在非洲丛林里的故事。她梦想有一天自己也能到非洲去，成为"女泰山"。高中毕业后，她便进入社会工作，一位父亲在非洲开农场的昔日的同学写信来邀她到非洲"实现梦想"，喜出望外的她于是来到非洲，先跟人类考古学家路易斯·利基挖掘化石，后来又经他推荐，到坦桑尼亚的贡贝河自然保护区去研究黑猩猩，成为名副其实的"女泰山"。

她就是珍妮·古道尔，后来不仅成为世界上首屈一指的黑猩猩与动物行为学家，更是热心的生态保护人士。吴季刚和珍妮·古道尔的故事告诉我们，只要发现自己的兴趣，不管它在旁人眼中是多么怪异，你都应该听从它，在它的引导下开创自己独特的人生。

做个不受人惑的人

不管别人说什么，你都应该微笑接纳，然后做你自己的事。

——特蕾莎修女（诺贝尔和平奖得主）

不管我们走什么路、做什么事，总是有人喜欢品头论足。对这些议论，到底是要横眉冷对，不予理会呢？还是要虚怀若谷，察纳雅言，自我检讨？有时候真的很难拿捏。

你应该听过下面这个故事：有对父子牵着一头毛驴进城，路人指指点点，先是说怎么有头驴也不知道骑？父亲觉得有道理，于是让儿子骑上毛驴。路人看了又说，儿子怎么如此不孝，让年迈的父亲走路？儿子感到惭愧，于是转而换父亲骑驴，儿子牵驴，路人看了却又说，父亲怎么这般不疼惜儿子？在大家的指指点点下，父子两人遂一起骑上驴子，可路人又转而指责他们虐待动物。父子俩不知所措，最后只好把驴子扛在肩上，结果走了没多久就被路人嘲笑他们有驴不骑，牵着也行，何必扛着。

很多事情不管你怎么做，都会招来议论。如果听到有人说东，你就往东，有人说西，你又往西，表面上看似从善如流，其实是自己完全没主见，被人牵着鼻子走。

下面这个故事你可能没听过，但对你会更有用：某人跟一位老画家学画，学了几年，老画家说自己能教的都教给他了，但在他离去前想再为他上一堂课——要他挑选自己最满意的一幅画到画廊展出，并在真迹旁另外准备了一幅复制品，还放了一支笔，附上说明"请观赏者用笔圈出画得不好的地方"。展览完毕，他发现复制品上到处是圈圈，几乎每个地方都有人认为画得不好。

他看了深受打击，但老画家什么也没说，而要他再以同样的方式，到另一个画廊展出，不同的是，这次请观赏者用笔圈出他们认为画得很好的地方。展览完毕，他发现复制品上也到处是圈圈，几乎每个地方都有人认为画得很好。于是他心中的阴霾不仅一扫而空，而且愉快地恢复了自信。老画家说："这就是我为你上的最后一堂课。不管你画什么，画得如何，总有些人会说你画得很好，还有些人会说你画得不好。你不必太在意别人怎么说，重要的是你要有自己的看法，因为这是你的画。"

不管别人怎么想、怎么说，你都要有自己的主见、自己的想法，走你自己的路，因为这是你的人生。但这并不是说，对他人的意见你就要冷漠以对或恶言相向，而是不必受到迷惑，就像诺贝尔和平奖得主特蕾莎修女所说的："不管别人说什么，你都应该微笑接纳，然后做你自己的事。"

唱出自己的声音

我要像小鸟般歌唱，不管听的是谁，他们又怎么想。

——鲁米（波斯诗人）

在中央电视台《星光大道》二〇〇八年度总决赛中获得亚军，并在二〇〇九年春节联欢晚会上献唱的马广福，一连几个月都成为大家注目的焦点。马广福迥异于一般歌手，他成名时已经五十七岁，穿着和长相都很"土"，是来自黑龙江佳木斯的地地道道的农民。但只要他一开口唱歌，他那淳朴、豪迈而又带点苍凉的嗓音，就像他的人，是完完全全地来自脚下的土地，让人有一种温暖的感动。

马广福只有小学文化程度，连五线谱都看不懂，唱歌纯属无师自通，"在地里高兴了就唱两句，想起啥歌唱啥歌"。在获得《星光大道》年度总决赛亚军时，他的感言是："拿不拿冠军，我都回家种地。"在他成名后，陆续有人请他去表演，有人建议他若想当专业歌手，就应该请老师来教他练声，还有经纪人想包装他。这些当然都是机会，但马广福说，种地才是他的"本分"，唱歌只是副业。

其实，马广福之所以受注目和喜爱，就是因为他那种农民独有的"原生态"特质。如果他不再种地，而改行当歌手，然后在歌艺和打扮方面都向主流歌手看齐，那他就迷失了自己，"邯郸学步"的结果将是两头皆空。

马广福的成名让人想起比他更有名的英国"苏珊大妈"。来自苏格兰乡下、没有工作、胖嘟嘟、穿着寒酸、已经四十八岁的苏珊·波伊尔，在选秀节目《英国达人》里过关斩将，她那如黄莺出谷般的甜美歌声不仅让英国人着迷，更通过网络引起了全世界的轰动。

但在大家都以为她稳操胜券的决赛中，她却意外落败，只得到亚军。很多评论者指出，那是因为苏珊在成名后越来越迷失自己，不仅像好莱坞女星一样穿设计师品牌的礼服，还对此大表兴奋。在决赛之前，她更在公开场合以脏话咆哮。很多人说："我发现我一直欣赏的苏珊不见了，她不再是以前那个可爱的乡村大妈，这注定了她的失败！"

马广福和"苏珊大妈"的受人肯定和喜爱，都是因为他们"做自己"，呈现与众不同的"本色"。这种"本色"若消失或走样了，那他们也就跟普通人没什么两样了。

未曾踏足之路

我选择了人迹更少的一条，从此决定了我一生的道路。

——弗罗斯特（美国诗人）

有一个人，从高中时期就开始写诗，在毕业那年，成为该校的学生诗人，代表毕业生致告别词。当时他已立志当诗人，但希望他将来当律师的祖父，却安排他去读达特茅斯学院。

不久，他就选择放弃学业，继续写诗。虽然作品不断遭到退稿，但他依然创作不休。直到二十岁，他终于领到了第一笔诗作的稿费，并深信自己可以靠写诗维持生计。为表庆祝，他自费印刷诗作，但只印了两本，一本给自己，一本给他未来的妻子。

二十五岁结婚后，为了家计，他还是去当了老师，而且基于教学需要，他还到哈佛大学进修，但两年后，他又再度放弃学业，离开教职，继续他诗人之路的追寻。后来，祖父又买了一座农场给他，希望他好好经营农场与照顾家庭。乡野的自然美景，还有母亲、大儿子与祖父的相继过世，使他将感伤转化为诗的创作，在这期间，他的诗作质与量俱佳，但还是不被赏识，不断遭到退稿。

三十八岁时，因为子女众多，经济负担日重，为了"继续写诗而不致因为贫穷使家庭蒙羞"，他毅然变卖农场，带着一家人离开美国，前往英国。在英国，他继续写诗，结果获得相当大的好评，出版的诗集迅速走红大西洋两岸，他也因此衣锦还乡，受邀到各地演说、朗诵、任教，成为当时最受瞩目与喜爱的诗人。

他，就是罗伯特·弗罗斯特。他四度获得普利策奖，自成一格的无韵诗体更为英美现代诗开拓了一条崭新的道路。弗罗斯特有一首非常有名的诗，叫《未选择的路》，其中有数句："黄色的树林里分出两条路，可惜我不能同时去涉足，我在那路口久久伫立，我向着一条路极目望去，直到它消失在丛林深处。但我却选择了另外一条路，它荒草萋萋，十分幽寂，显得更诱人，更美丽……"可以说这就是在描述他选择作为一个诗人的心路历程，那是一条艰难的路，但"也许多少年后在某个地方，我将轻声叹息将往事回顾；一片树林里分出两条路——而我选择了人迹更少的一条，从此决定了我一生的道路"。

在面对人生的岔路时，你只能选择其中的一条。弗罗斯特告诉我们：选择人迹较少的一条，走起来可能较坎坷、较寂寞，但只要坚持走下去，也能走出自己的一条康庄大道来。

自我兑现的预言

昨天的梦想就是今天的希望，明天的现实。

——戈达德（美国科学家）

皮格马利翁是希腊神话里的一个国王，善雕刻。有一天，他雕刻了一个美女，雕像非常迷人而且栩栩如生，他情不自禁地爱上了"她"，经常站在旁边观赏赞叹，为之朝思暮想，希望她是活生生、有血有肉的美女。后来，雕像竟然变成了活人，皮格马利翁终于美梦成真。

心理学里有一个专有名词叫"皮格马利翁效应"，意思是说，如果你相信、预期自己或别人将会如何，结果很可能就会朝那个方向发展，从而实现你的期待。所以它又被称为"期待效应"。

二十世纪六十年代，美国哈佛大学的两位心理学家到一所乡村小学做研究，他们对某班学生做了一些测验，筛选出五分之一的学生，告诉老师说这些学生具有学习的潜力，在一学年内成绩将有显著的进步。一年后，他们再度回到那所小学，发现原先筛选出来的学生，成绩果然都有了进步。然后，两位心理学家公布了一个令人惊讶的讯息：当初他们挑选出的这些具有学习潜力的学生，并非是根据智力测验或性向测验筛选出来的，而是随机进行的"胡乱挑选"。结果，这些被贴上"优秀"标签的学生，后来竟果真有了优异的表现。

这就是"皮格马利翁效应"或称"期待效应"。为什么会有这种现象呢？心理学的解释是，老师"相信"权威（心理学家）的话，先入为主地认为这些学生会有优异的表现，从而提高了对他们的信心、期待和关爱，并表现出这种信心、期待和关爱。这些学生感受到老师的意思，他们也因而提高了对自己的信心和期待，上课时更专心，回家后花更多时间去温习功课，结果，成绩就真的进步了。其他心理学家在工厂和商场的实验也证实了同样的结果：上级对下级的期待，会影响下级的工作表现。

这种"期待效应"说的不仅是别人对你的预期或你对别人的预期，更重要的是你对自己的预期——你相信或期待自己将会成为什么样的人、能有什么样的人生，结果很可能就会兑现。别人要怎么看我们，不是我们能决定的；但我们要怎么看自己，却完全来自个人的抉择。每个人都应该好好思考这个问题，因为不同的预期会让你表现出不同的态度，而不同的态度又会产生不同的做法，结果也许是美梦成真，也许是噩梦成真。

因"醉"而醒的成龙

踏着别人的脚步前进，不会留下足迹。

——爱默生（美国文学家）

要如何出人头地？"复制别人的成功"被很多人视为终南捷径。但这样做即使成功了，也不过是个复制品，难以挺直腰杆、扬眉吐气。

现为国际知名影星的成龙，六岁就加入一个京剧戏班子，后来因京剧式微，他转而到电影圈求发展，但接连好几年，他都在跑龙套或担任配角，发展得并不如意。二十世纪七十年代初，李小龙的中国功夫片在世界各地引起轰动，不少人有样学样，开始抢拍功夫片。李小龙突然去世后，导演罗维看上成龙，找他挑大梁拍《新精武门》，并将其艺名改为"成龙"，用意很明显，就是想将他复制成"李小龙第二"，而《新精武门》也是完全延续了李小龙《精武门》的风格。影片推出后，效果差强人意，接着成龙又拍了好几部类似的功夫片，但都成绩平平。成龙始终无法像李小龙般大红大紫。

后来，另一位导演袁和平看出成龙有别于李小龙、属于他个人独有的幽默风趣的特质，于是为他量身定制，写了能让他发挥长处的剧本，甚至由他自行设计情节，尽情发挥。袁和平将成龙的幽默风趣和身手不凡做了巧妙的结合，开创了独树一帜的"喜剧功夫片"——《蛇形刁手》和《醉拳》，这两部片子都让观众耳目一新，拍案叫好，票房冲破纪录，成龙也因此脱颖而出，逐步建立起自己影坛巨星的地位。

滚滚红尘，当某个人以某种方式获得空前成功后，立刻会有一大堆人跟着有样学样，如法炮制。复制虽是既简单又快速的成功方式，但就像爱默生所说："再怎么研究莎士比亚，也无法产生另一个莎士比亚。"不仅因为时空背景、外在环境和个人条件不一样，很难成功地加以炮制；即使成功了，似乎也没有什么好骄傲的，因为那只是在模仿别人、抄袭别人。

《醉拳》的成功，是因为成龙找到了他的自我；《醉拳》的成功，也让成龙对"做自己"有了充分的信心。其实，李小龙的成功也是在做他自己。成龙是成龙，李小龙是李小龙，一个人想要出人头地，就必须"走自己的路"。别人再怎么好，那永远是别人，削足适履地模仿别人，踏着别人的脚步前进，不仅走不远，更无法留下足迹。每个人都是独一无二的，每个人的成功也都是独一无二的，好好找出并发挥自己的独特性，才是最可信赖，也最值得称道的成功途径。

演好自己的角色

只有卑微的心态，没有卑微的角色。

——班尼特（美国政治家）

世界是个大舞台，人生是一场大戏，我们每个人都是演员，在不同的时刻、不同的角落扮演不同的角色。如果可能，你希望扮演什么角色呢？多数人都想当男女主角，成为众人瞩目的焦点。

有个女孩参加的话剧社决定在校庆时公演。原本期待能当女主角的她，不仅希望落空，而且竟被分派去演一条"狗"！她哭着回了家。本想拒绝演出，在听了父亲的劝导后，她的心情才平静下来，继续参加排练。

公演那天，家人怀着复杂的心情前去观赏。在舞台上，当一只毛茸茸的大黄狗蹦蹦跳跳出场时，弟弟心中一紧，因为他知道躲在道具里的就是他的姐姐呀！但这只没有台词的"狗"却随着剧中人物的对话、剧情的发展做出一连串相应的动作，活灵活现，抢了所有"人"的戏，观众频频报以热烈的掌声。剧终人散，弟弟觉得姐姐演得太棒了，忍不住问她："那一天爸爸对你说了什么？"她骄傲地回答："爸爸说，如果我用演主角的态度去演一条狗，狗也会成为主角。"

在人生这场大戏里，一个人应该抱着学习的态度，去尝试大大小小的各种角色，因为人不可能，也不应该在每部戏里都当主角。当不了主角就意兴阑珊或不满，不仅自私，更是在跟自己过不去。其实，重要的不是当主角，而是态度和演技。只要你用演主角的态度去演任何角色，好好琢磨演技，那么任何角色都能演得很出色，并得到大家的肯定与赞赏。

一个读小学三年级的男孩子，有一天放学回家，高兴地对母亲说："妈妈，我们要举办游艺会，我要参加表演。"母亲好奇地问："很好啊！那你要演什么角色？"儿子说他不知道，因为有很多角色，每个同学都参加，现在还在练习，最后要由老师决定每个人最适合担任的角色。一个多月后，儿子放学回家，又高兴地说："妈妈，我知道我要演什么角色了！"看到儿子脸上的光彩，她的脑海里一下子浮现出儿子当男主角的英姿。"真的？快告诉妈妈你演什么？"想不到，儿子却高兴地说："我扮演观众，负责欢呼和鼓掌。"

能在生命的舞台上扮演英雄固然很好，但在台下当欣赏和鼓掌的观众其实也不错，至少会比较轻松。没有鼓掌的观众，台上的英雄将失去意义。英雄需要观众，比观众需要英雄更多。在人生这场大戏中，一个"称职而愉快的观众"，才是人人最需要学习和好好扮演的角色。

做自己心灵的主人

世态便如翻覆雨，妾身元是分明月。

——文天祥（南宋政治家）

每个人立身处世，都应该有一些基本的价值观，一些自己所坚持的美好原则。船在大海中要安稳直行，必须有压舱物，价值观就是一个人在人生汪洋中航行的压舱物。坚定的价值观让你能在风雨飘摇中安详自在地前行，不受干扰，更不会迷失方向。它，让你成为自己心灵的主人。

公元一二三二年，蒙古大军进攻河南新郑，一个叫许衡的年轻人跟随众人逃难。走了一段路后，口干舌燥的难民看到路旁有很多梨树，纷纷去摘梨子来解渴，唯独许衡端坐在路旁，不为所动。有人问他难道不口渴吗，为什么不去摘梨子？许衡说："口渴是口渴，但不是我的东西我不拿。"大家笑着说："现在天下大乱，这些梨树都是无主的！"许衡严肃地说："梨树没有主人，我的心难道也没有主人吗？"

"不是我的东西我不拿"，不管别人怎么做，许衡都坚守他的价值观。后来他受到忽必烈的赏识与敬重，被任命为国子祭酒。他在官场多年，始终坚持自己的原则，不受利诱，不为权屈，有

"元代魏征"之称。

一九二四年巴黎奥运会，最有希望夺得百米金牌的埃里克·利迪尔（英国），发现自己被排在星期天出赛时，立刻决定放弃比赛，身为虔诚的基督徒，他坚守安息日必须休息的原则。所有人都为他这个决定跳脚，劝他"顾全大局""为英国的荣耀而跑"，但利迪尔不为所动，他认为他生命中最重要、最有价值的就是他的信仰，他不愿为了奥运金牌而牺牲自己的价值观和信仰。利迪尔的坚持感动了他的一位队友，在这位队友的成全下，他获得参加四百米项目比赛的机会，最后，勇夺四百米的金牌。

利迪尔的故事被拍成电影《烈火战车》，荣获一九八二年的奥斯卡最佳影片。在电影里，当他冲过终点线时，镜头特写里那张仰天面向阳光微笑的脸，不只是一张胜利的脸，更是一张高贵的脸、安详的脸。坚持价值观所得到的胜利，让人显得格外高贵与安详。

文天祥有一句诗说："世态便如翻覆雨，妾身元是分明月。"坚守自己的价值观和原则，不要让社会和其他人来动摇你、改变你，那样不管置身何处，你的心灵都将因此而无比清晰、高贵与安详。

自我感觉非常良好

只要你相信自己，那你就知道要如何生活。

——歌德（德国文学家）

　　有一个人，十一岁时就随父母从香港移民到美国。二〇〇三年九月，还是大三学生的他去参加当时收视率很高的《美国偶像》电视歌唱比赛，节目在第二年一月播出，结果竟使他一夜暴红。

　　观众在荧幕上看到的是一个梳着古怪发型、表情木讷兼长着龅牙的老土华人，他以蹩脚的英语、走调的旋律、僵硬的舞姿在台上"献丑"，还没唱到一半，观众和评审都已笑成一片，但他还是若无其事地在那里又唱又跳。一位评审忍无可忍，打断了他的表演，毒舌地问他："你既不会唱，又不会跳，你来这里干什么呢？"

　　场面顿时变得无比尴尬。想不到他却十分平静地说："我已经尽力了，所以完全没有遗憾。要知道，我并没有接受过任何专业的训练。"说完，他镇定地向评审和观众致谢，然后背起他的包，没事般地走下舞台，离开。

　　就是这出人意表的表现使他一夜暴红。通过网络，他的表演被迅速传播到世界各地，媒体纷纷前来采访他，有牙科诊所要免费替他做牙齿矫正，还有女性粉丝抢着要嫁给他……同年四月，唱片公司推出他的首张个人专辑，发行第一周就在美国热卖三万八千张，在专辑销量榜上排名第三十四，遥遥领先知名的华裔大提琴手马友友（排名第五十八）。

他，名叫孔庆祥。很多人觉得他"红得莫名其妙"，但凡事必有因，总的来说，他如此受欢迎的原因不外乎下面四种：一是观众对传统俊男美女装腔作势的表演感到腻烦；二是他小丑般的行为具有特殊的娱乐效果；三是他对自己"不怎么样"与"受人耻笑"所表现出来的自在，让人觉得可爱，而且受到了感动；四是大家喜欢新奇、不一样的东西（但很快也会烟消云散）。

其实，这几个原因加起来就是——孔庆祥"乐于做自己""自我感觉极度良好"。凡事只要"我已经尽力了"，就应该对自己的表现感到满意、自豪，根本不必在乎别人怎么想。其实，这也是多数人的心愿，但很难有人能像孔庆祥那样自在。

"孔庆祥现象"也许只是一时的热潮，但就在这短暂的时间里，大家觉得内心深处好像有某种东西被"触动"了，因为他唤醒了我们想要"好好做自己"的渴望。

镜子里的那个人

这个宇宙中只有一个角落你肯定可以改进，那就是你自己。

——赫胥黎（英国小说家）

最近，你是否经常注视自己在镜子里的影像？如果是，那表示你最近有了较强烈的"自我意识"，在思考你在现实生活里的一些问题。下次，当你要再度凝视镜中的自己之前，下面这三个故事也许可以给你一些启发。

有一个人千里跋涉，去拜访一位先知，恳求先知传授他参透生命奥秘之道。先知被他的真诚所感动，给他一本古老的智慧之书，要他仔细研读。他怀着谦卑与期待的心情打开智慧之书，发现书里的每一页都是一面镜子，在每一页里，他看到的都是自己在镜中的影像。翻完了整本书，他终于领悟，生命的奥秘就在于发现自己，而且要靠自己去参透。

有一只狗，无意间闯进一间四壁都镶着玻璃镜的屋子，突然看到很多狗同时出现在眼前，它大吃一惊，对着"它们"龇牙咧嘴，发出阵阵吠声。镜子里所有的狗也都朝它龇牙咧嘴，发出阵阵吠声。它吓坏了，开始绕着屋子没命地奔跑，想不到镜子里的狗也开始奔跑，追逐着它。它一直跑、一直跑，最后跑不动了，停了下来，而镜子里的那些狗竟也跟着停了下来，它好奇地摇了一下尾巴，镜子里的那些狗也都友善地对它摇尾巴。

在拿破仑·希尔的《成功致富全书》里另有一个故事：某天，一个满头乱发、衣衫褴褛的流浪汉来找希尔，拜托善于激励人心的希尔帮助他重新振作起来，因为生意失败、妻离子散的他已走进了绝路。希尔耐心听完后，说他很想帮忙，但恐怕无能为力，只说："不过我可以介绍你去见另一个人，他一定可以帮助你东山再起的。"流浪汉眼睛为之一亮，请求希尔立刻带他去见那个人。于是希尔带他到盥洗室，盥洗室的墙上有一面很大的落地镜，流浪汉刚好可以从镜中看到自己的全身。希尔指着镜中的流浪汉说："在这个世界上，只有这个人能帮助你。"流浪汉仿佛受到电击，痴痴地看着镜中的自己。几天后，希尔在街上遇到了那个人，但他已经像换了一个人，不仅仪容端正，而且神采奕奕。他信心十足地对希尔说："谢谢您让我认清了自己，您等着瞧好吧！"

不管是要探寻生命的奥秘或追求世俗的成功，你都要靠自己，而且也只有你能为自己带来真正的改变，你的自我形象来自你的创造和表现（就像第二个故事）。你可以把它说得很哲学、很寓言或者很励志，但道理都一样，那就是：只有你才能发现自己、改变自己、创造自己。

辑三
像大黄蜂般飞行

拿到一张寻宝图

你的目标就是指引你的地图，为你显示你可能的人生。

——布朗（美国演说家）

诗人何梅斯说："人生重要的并非我们站在何处，而是我们正往哪个方向去。"只有拥有明确的目标，才能指引自己前进的方向。确立人生的目标，就好像拿到一张寻宝图，它不仅会指引你应该选择哪条路径，更会告诉你出发时需要准备什么工具、学会什么技能，这样你才能如愿以偿，找到你想要的宝藏。

人类在实现了飞上太空、登陆月球的梦想后，下一个目标很可能就是登陆火星。要让遨游太空的梦想成真需要很多条件，第一个关键就是，先要有能将太空飞船送进太空的火箭，这要得益于一个人——"现代火箭之父"罗伯特·戈达德。但你可能不知道，戈达德在中学时期功课并不好。

戈达德是美国马萨诸塞州人，他从小就体弱多病，在学校时学习成绩很差，特别讨厌数学，曾经留过级，又因为经常休学，所以年纪比同学们都大。

十七岁的某个秋日，休学在家的戈达德，坐在自家屋后的一棵大树下，阅读英国作家威尔斯的科幻小说《星际战争》，看得很入迷，当他从书本里抬起头来时，产生了一个明确的愿望。在后来的回忆里他说："当我仰望东方天际时，突然想到如果我们能够做个飞行器飞向火星，那该有多好！我幻想着有这么一个玩意可以从地上腾空而起，飞向蓝天。从那一刻开始，我仿佛变了个人，定下了人生的奋斗目标。"

戈达德的人生目标就是要发明能让人类飞得更高、更远，飞到太空去的飞行器（也就是现在俗称的"火箭"），但要怎么实现梦想、达成目标呢？"我明白我必须做的第一件事就是读好书，尤其是数学。即使我讨厌数学，我也必须攻下它。"

戈达德的健康情况好转后进入伍斯特理工学院继续他的学业，并非常认真地学习数学，后来获得克拉克大学的博士学位，开始他心向往之的火箭研究。一九二六年三月十六日，戈达德在美国马萨诸塞州的奥本发射了人类有史以来首枚液体燃料火箭。虽然仅飞行了二点五秒，高度也只有十二点五米，但是一个重要的示范，显示火箭用液体推进剂是可行的。这次的发射地点后来成为美国政府官方指定的"国家历史地标"，因为戈达德在此为今日的太空探险拉开了序幕。

戈达德所创建的这个历史地标，也可以成为有志者的人生地标。

潘多拉魔盒里的最后一个精灵

没有希望，就不会有努力。

——约翰生（英国文学家）

培根说："希望是好的早餐，但却是坏的晚餐。"刚开始满怀希望，到后来却希望落空，这样可能会带来更大的打击。但若因此而不敢对未来怀抱希望，因噎废食，对未来也不会有好的影响。

公元前三三四年，年轻的亚历山大大帝率领三万五千名士兵和一百六十艘战舰远征波斯，在出发前，他把他所有的财产、奴隶和牲畜都分送给他人。他的麾下大将佩尔狄卡斯感到不解，问他："请问陛下，您散尽财产，那给自己留下什么呢？"亚历山大笑着说："希望。我把希望留给自己，它将带给我无穷的财富！"众人听了深受感召，纷纷表态拥护。结果，这支带着希望和信心出发的军队，在短短数年间征服了整个波斯帝国、埃及和印度西北部，建立了横跨欧亚非的庞大帝国。

古往今来成就伟大事业者，无不是对未来怀抱希望的人。法国皇帝拿破仑在人生的征途上，为什么能那样充满勇气呢？他说："勇气像爱，必须有希望来滋养。"对未来怀抱希望，就能给你勇气和意志。希望像一个清醒的梦，让我们激动难眠；更像一盏不熄的灯，妆点并照亮我们的前程。

　　也许你会说，很多希望是不切实际的，甚至是虚假的。欧·亨利有篇小说《最后一片叶子》，讲的是一个年轻女士得了肺病，已病入膏肓。她躺在病床上，看着窗外一棵常春藤的叶子在秋风中一片片掉落，觉得自己好比那落叶，而对友人说："当树叶全部掉光时，我也就要死了。"友人把这件事告诉了邻居一位老画家，老画家在砖墙上画上了一片栩栩如生的叶子，像是挂在藤枝上，它成了那棵常春藤的最后一片叶子，始终没有掉落。病人也因此重燃希望，最后竟奇迹般地康复了。

　　即使是"虚假的希望"，也比"真实的绝望"来得要好。希腊神话里的潘多拉公主，因好奇而打开了神送给她并且严厉警告她不要打开的神秘盒子，结果疾病、死亡、痛苦、灾难、疯狂等纷纷从盒里飞出，来到人间。所幸她惊慌万分之下盖上了盒子，才没有放走智慧女神雅典娜放在盒子底部的，让人类得以忍受一切痛苦的良药：希望。

　　希望不只是痛苦时的慰藉，更是照亮前程的明灯、达成目标的动力。没有希望，就很难有努力。你可以为最坏的做准备，但你应该希望拥有最好的。

热情是座活火山

热情就像一座活火山，山顶不长犹豫之草。

——纪伯伦（黎巴嫩裔美国诗人）

有一首歌《冬天里的一把火》非常动听，描述的是男女间的热情。其实，对各种事物，我们也都能有热情，都需要热情。热情还是点燃一个人的梦想和信念，将它们化为行动的火炬。没有热情，生命就不会发亮、发光、发热，要活得轰轰烈烈，就要对人、事、物充满热情。

被誉为"钻石之王"的哈利·温斯顿，钻石卖得比其他知识渊博的专家都要好，有人问他有什么诀窍，温斯顿回答说："专家了解他们所卖的钻石，而我则热爱我所卖的钻石。"不仅卖钻石，各行各业无不如此，二十世纪最杰出的现代舞者玛莎·葛兰姆也说："伟大的舞者之所以伟大，并不是因为他们的技巧，而是因为他们的热情。"知识与技术固然重要，但能打动人心的却是热情。

真正让人惆怅的，并非我们没有热情，而是在炽烈燃烧一阵后，就意兴阑珊，只能保持三天、三个月或三年的热度。炽烈的热情令人目眩神迷，但真正让人信赖却是持续、默默的付出，因为热情如流水，浅则潺潺，深则无声。

有一个人，每个月都寄给客户一张贺卡，一月份祝贺新年、二月份纪念华盛顿诞辰、三月份祝贺圣帕克里特节、四月……一年十二个月，连续十几年，从不间断，最多时每个月要寄出一万六千张贺卡。他就是有"世界上最伟大的推销员"之称的乔·吉拉德，很多客户都被他的这种热情和真诚所感动，而介绍更多的客户给他，或继续向他买车。

所有值得称道的成功都是热情的胜利。有人问牛顿是用什么方法获得那些重大发现的，牛顿说："我没有什么方法，我只是对一件事情，能有很长时间的热情与兴趣去考虑罢了。"这正是牛顿和一般人不同的地方，多数人对事情通常只有短时间的热情。要使热情长存，就不能只把它当作"冬天里的一把火"，而要如诗人纪伯伦所说："热情就像一座活火山，山顶不长犹豫之草。"

真正的热情绝不会因为看不到期待中的回应就产生动摇。明智者用理性驯服他的热情，将它化为毅力与耐心，遇到挫折时，仍能毫不犹豫地向前行，这才是真正的热情。

我相信，所以我赢

> 哥伦布发现新大陆，靠的不是航海图，而是信念。
>
> ——桑塔亚纳（美国哲学家）

每个人都知道，对自己要有信心、对完成目标要有信念是将事情做好的先决条件。只是大多数人的信念都不坚定，一遇到挑战和挫折就开始动摇，经不起考验，最后消失得无影无踪，甚至有人会因此认为自己当初怀抱的信念是不切实际、荒谬可笑的。

历史上有很多伟大的发现者和发明家，他们的梦想在尚未实现之前，都被周遭的人认为是根本不可能的，无异于痴人说梦，有些人甚至被认为精神有问题，患有妄想症。但当他们以近乎疯狂的毅力完成目标后，大家才知道那不是妄想，而是信念。

哥伦布就是这样的一个人。哲学家桑塔亚纳说："哥伦布发现新大陆，靠的不是航海图，而是信念。"虽然当时欧洲人已慢慢接受"地球是圆的"的观点，但大家对"从欧洲往西行即可到印度"的说法还存疑，而哥伦布却对此深信不疑，并积极地想将它付诸行动。当时航海知识和经验胜过哥伦布的人多如过江之鲫，但却都缺乏哥伦布那狂热的信念。这种信念不仅使哥伦布能在将近二十年的一再游说失败后，仍能继续热情地兜售他的计划，而且还能在出海后，使他以无比的信心化解船员的焦虑不安，消除可能的叛变。最后他终于发现了新大陆，改变了他的人生，更改变了世界的地图和历史。

奥古斯丁说："信念是相信你尚未看到的东西，其报酬是你将看到你相信的东西。"哥伦布就是一个最好的例子。要完成寻常的目标，你要有寻常的信念；但若要完成非凡的目标，你就要有近乎疯狂的信念。这里所说的"疯狂"，并非意味着"盲目"。手无寸铁的甘地领导印度人对抗英国的殖民统治，想将船坚炮利的英国人赶出去，建立属于自己的国家。他的梦想在当时被认为近乎"疯狂"，但在无比坚定的信念下，他最后终让自己美梦成真。甘地说："信念必须靠理智来强化，当信念变得盲目时，它就会死亡。"

对必然会发生的事情，我们不需要信念，因为那是事实，不是我们相不相信的问题。只有对不知道结果会如何，或者无法证明的事情，才需要信念。它其实是一种赌注，就像玩牌时你不知道下一张会出现什么牌一样。信念，就是我们为人生所下的赌注，而它的口诀是："我相信，所以我赢。"

你喜欢问为什么吗

重要的是不要停止发问，好奇心自有它存在的理由。

——爱因斯坦（诺贝尔物理学奖得主）

天空为什么是蓝色的？雷声为什么比闪电晚出现？人为什么会流泪？交通信号灯为什么会用红绿灯？……也许你已读过《一千个为什么》《十万个为什么》这类的书籍，为各式各样的"为什么"找到了答案，满足了你的好奇心。

对于"为什么"，重要的不是知道答案，而是要自己能提出问题。有人也许会说，绝大多数的问题现在都有了答案，已经很少有值得人再追问的"为什么"了。但就像巴鲁克所说的："成千上万的人看到苹果掉下来，却只有牛顿问为什么。"很多看似天经地义的现象，背后可能隐藏着莫大的玄机，只有深具原创性与好奇心的人才能够察觉，并加以质问。

一个"为什么"通常又会引发出更多的"为什么"，比如牛顿在问了"苹果为什么会掉到地上"后，又产生了另一个疑问："月亮为什么不会掉下来？"他从这两个"为什么"出发，结果发现了万有引力，也为这两个问题找到了答案。

德国有一位名叫巴特劳特的大学教授很喜欢莲花，觉得它们虽然长在泥塘里，却能"出淤泥而不染"，在盛开时红中透白，娇艳中另有一股清纯。但他不像中国文人只把莲花当作"花中君了"，他更好奇于"莲花为什么能出淤泥而不染"？于是他做了一个实验：将炭黑撒到莲叶上，再用喷壶洒水，污物就连同水珠一起滚落，莲叶则洁净如初。为什么污物不会附着在莲叶上呢？他用显微镜观察，发现莲叶表面有许多乳头状小包，包上有一层很薄的蜡膜，污物只能停留在小包的顶端，所以很容易被水珠带走。巴特劳特根据这个原理，发明了"自洁薄膜"，让附着的灰尘很容易被雨水冲洗掉，恢复洁净，如今已被广泛应用于汽车和建筑物上面。

一九四四年的诺贝尔物理学奖得主艾萨克·拉比，在得奖后接受采访时，说他要感谢父母给他的家庭教育。小时候，他每次放学回家，妈妈总是关心他在学校的情况，但不是像中国父母那样问"你今天在学校学到了什么？"而是问"你今天问老师什么问题了吗？"也许这就是不同国家在文化、教育与创造力方面有所差别的根本原因之一。

一个有好奇心和求知欲的人，一定也是个喜欢问"为什么"的人。我们要养成发问的习惯，不要怕被别人嘲笑。因为没有愚蠢的问题，一个人只有在停止发问时才会成为愚人。

躺在床上的旅行家

一个人所能想象的，另一个人就能让它成真。

——凡尔纳（法国科幻小说家）

一提到"幻想"，很多人认为那只是在逃避现实，完全无济于事，所以认为不应该将时间浪费在幻想上。没错，有些幻想是在逃避现实，但有些幻想却是对未来现实的预演。也许我们应该以较中性的"想象"一词来涵盖这两种幻想，但不管怎么称呼，说它"浪费时间"，实在是对自己太苛刻了。

有一个人从小热爱海洋，十一岁时居然自己偷偷跑到一艘船上去当见习生，想要随船航行到遥远的印度。家人及时发现并将他抓了回来，当律师的父亲希望他继承自己的衣钵，因此大为震怒，将他狠狠打了一顿。最后，小男孩躺在床上流着眼泪发誓："以后保证只躺在床上做幻想的旅行。"

这个小男孩后来成了"科幻小说之父"，他就是十九世纪的法国小说家儒勒·凡尔纳。凡尔纳一生写了六十多部科幻小说，知名的有《格兰特船长的儿女》《海底两万里》《神秘岛》《气球上的五星期》《地心游记》《八十天环游地球》等，为读者展现了一个又一个炫丽的奇幻世界。

虽然在他的著作中，主人公游遍了世界各地，还深入地心，甚至远及宇宙边陲，但凡尔纳却没有违背当年的誓言，因为所有这些著作都是他足不出户，在摆满各类书籍和地图的书房里，靠丰富的想象力创造出来的，他的确是在"幻想中旅行"。

你也许会说，幻想小说就是在逃避现实，而且你也不想当小说家。但凡尔纳的幻想却有着惊人的准确性和预言性，比如他的《哈特拉斯船长历险记》是如此逼真，竟有探险家在读了后认为那是一部有史以来"最出色的航海日志"。博览群书而且不断吸收科学新知的凡尔纳，他的幻想既非一厢情愿，亦非只是天马行空，而是站在现实的基础上，对未来的进一步畅想。在他的小说里，曾出现电视、飞机、潜水艇、坦克、导弹、摩天大楼、影音传真等，这些在十九世纪被认为不可思议的想象，如今都一一成真。

更重要的是，凡尔纳的想象力激发了很多人的梦想和创意。第一个飞越北极的罗阿尔德·阿蒙森，在成功返航后说，凡尔纳是他探险之旅的"领航员"；发明潜水艇的西蒙·莱克，在他自传里的第一句话就是："凡尔纳是我一生事业的总指导。"

爱因斯坦说："想象是我们对迷人人生的预览。"这些预览即使无法一一成真，也能够让人陶醉好一阵子，那又何乐而不为呢？

你想当哪一个彼得·潘

一个渴望飞翔的人，永远不会甘心于爬行。

——海伦·凯勒（美国盲人作家）

彼得·潘，又名"小飞侠"或"不会长大的男孩"，是英国小说家詹姆斯·巴里所创造的一个顽皮男孩，他因为不想长大而离家，到一个公园里与仙子同住，穿着树叶做成的衣服，学会了飞翔的本领。后来，他带着许多因为父母没有照管好而丢失的孩子，到一个名叫"永无岛"的地方，成了那里的主人，还请他邻居家的女儿温蒂照顾那些孩子。之后，彼得·潘就和温蒂及其他小孩经历了各种冒险，特别是他和海盗头子胡克船长的战斗，十分惊险刺激。

很多人在看了童话故事或电影后，心想如果自己能像彼得·潘这样，永远当小孩，不必做功课，不用负责任，天天去冒险，想飞到哪里就飞到哪里，那不知道该有多好。有这种愿望的人不少，而且不限于儿童。心理学领域因此诞生了一个心理学名词"彼得·潘综合征"。

它意指一个人虽然已迈入成年阶段，却想"继续当小孩"，做事不负责任，表现任性、散漫，出了差错总是先怪罪别人；缺乏自信，恐惧失败，找借口逃避各种挑战；依赖心强，害怕孤单、寂寞，期待随时有人能满足自己的任何要求；对挫折的忍受度很低，做事稍有不顺就想放弃，经常换工作；人际关系肤浅，无法跟人有稳定而持久的亲密情谊，只喜欢热闹和玩乐。换句话说，就是不想面对残酷的现实世界，"拒绝长大"，不想做个有担当、人格成熟的现代公民。

但如果我们因此而认为彼得·潘就是个负面人物，那也是不负责任的看法。童话里的彼得·潘之所以让人着迷，不只因为他无所牵挂、自由自在，更因为他保有一颗赤子之心，他永远好奇，也永远在冒险。获得诺贝尔物理学奖的拉比就说："我觉得物理学家是人类中的彼得·潘，他们永远长不大，永远保持好奇心。"举世闻名的画家毕加索也说："每个小孩都是艺术家，问题是长大后如何继续当艺术家。"

我们每个人的心中都有两个彼得·潘。但你最好对"他们"能有不同的期待：一方面期待"想永远当小孩"的那个彼得·潘能继续长大，承担责任；同时也希望另一个"永远在探险"的彼得·潘能长留心中。让我们永葆好奇心，成为不断探索的科学家和艺术家。

自己做一把尺

一盎司①的行动胜过一吨的理论。

——恩格斯（德国哲学家）

虽然每个人的人生不尽相同，但大部分人过的都是人云亦云的人生。你的看法，几乎都是来自别人的说法；你的做法，大部分也都是依据别人的经验。

有一个人出身江南书香门第，抗日战争期间就读于国立西南联合大学物理系，在二十岁时（一九四六年）赴美留学，进入芝加哥大学，有幸成为一名大师级物理学家门下的研究生。他的指导教授每周都会用半天时间跟他讨论问题，每次都是教授提问，他回答。有一次，教授问他太阳中心的温度是多少？他回答大概是一千万摄氏绝对温度。教授又问他是怎么知道的？他说是从文献上看来的。教授转而问他自己有没有计算过？他回答没有，因为那个计算很复杂。教授于是严肃地对他说，要做一个科学研究者，一定要自己去思考和计算，不能这样轻易就接受别人的结论。

指导教授希望他能找出一个方法，自己计算太阳中心的温度。

---

① 盎司：既是重量单位，又是容量单位。1盎司=28.35克。

他说方法是有，但需要先有一个大计算尺。当时，这位教授正在做另一个很重要的物理实验，但为了指导他，便暂时放下了手中的实验，和他一起做计算尺。不久，全世界唯一一把专门用来做大计算的计算尺大功告成，而他也用这个计算尺，通过自己的新方法，计算出了太阳中心的温度。

他，就是李政道。二十四岁获得芝加哥大学的物理博士学位，三十一岁与杨振宁同获一九五七年的诺贝尔物理学奖。而当年指导他的教授就是赫赫有名的恩利克·费米，一九三八年的诺贝尔物理学奖得主。李政道后来在上海交通大学演讲时，特别提起这件往事，他说费米教授对他的指导让他一生受益无穷，不仅启发了他对科学研究的兴趣，使他在往后的研究及对学生的教导上，都秉持自己动手做、自己找答案的原则；在为人处世方面，他也不再人云亦云，轻易接受别人的看法，而是独立思考，坚持自己的观点。

所谓"独立思考"，并不是什么都要与别人有不同的见解，都要跟别人唱反调。事实上，李政道的研究也没有推翻前人对太阳中心温度的说法，但那是他用自己的方法求得的答案，对他而言就显得特别珍贵与值得信赖。

科学研究如此，在做人做事方面也是如此，你需要拥有"自己的一把尺"。

爱上图书馆

图书馆是观念诞生的产房。

——苏格拉底（希腊哲学家）

　　暑假期间，各地的图书馆经常人满为患。炎热的夏季，人们在沁凉的冷气中神游书中世界，可说是一举两得。但图书馆之所以能让人心旷神怡，绝不只是冷气很凉而已，它还是我们认识浩瀚宇宙与滚滚红尘的平台，更是古今中外各种高尚灵魂聚会与交谈的殿堂。卡洛斯·威廉姆斯有一首诗说：

　　书的凉气，

　　有时会在一个炎热的下午，

　　引领心灵来到图书馆。

　　因为在所有的书中都有一阵风，

　　一阵幽灵似的风，

　　在那儿回响着生命。

　　很多人把图书馆当作心灵的医院，每本书都是一位疗愈他们烦忧的仁慈医生。更多人把图书馆当作免费的学校，每本书都是一位开启他们心智的热心老师。

　　现代舞的开路先锋伊莎多拉·邓肯，因为家贫而在十岁时就辍学，但她每天都会长途跋涉到奥克兰图书馆去看书、借书，读遍图书馆里狄更斯、辛克莱和莎士比亚的所有作品。后来邓肯到欧洲发展，有一段时间她天天到巴黎的歌剧院图书馆，把从古埃及到现代有关舞蹈的书都读了一遍。她深厚的人文素养与舞蹈知识都得之于她对图书馆的热爱。就像一位美国企业家所说："美好未来与成功所需要的每样东西，都已经被写就，你必须做的就是到图书馆去。"

科学家牛顿读初中时，亦在一位老师的引导下到图书馆去充实自己，馆中有一本《自然与工艺的神秘》，为孤寂的他开启了迷人而广阔的科学天地。他为此买了一本笔记本，将书中所有重要的内容都抄录下来，还自己买材料，根据书中所说的方法制造风车、日晷仪、灯笼等。希腊哲学家苏格拉底说："图书馆是观念诞生的产房。"这些早年的在图书馆读书的经验，跟牛顿后来从事科学研究显然也有密切的关系。

每个人都可以有所喜爱，但爱上图书馆比爱上偶像剧、爱上百货公司更值得鼓励，也更值得期待，因为在最接近秩序宇宙的殿堂里，与高尚的灵魂交谈，能召唤出你更高贵与美好的自我。

"夜半钟声到客船"有误吗

有怀疑的地方，就有自由。

——拉丁谚语

读书是我们获得知识、开阔眼界、陶冶性情的最佳途径，但所谓"尽信书不如无书"，对书上所说的内容，我们不能囫囵吞枣、全盘接受，而应该加上自己的一些思考，必要时还需对书中自己有疑问的地方做进一步的验证，如此得到的才是真学问。

"月落乌啼霜满天，江枫渔火对愁眠。姑苏城外寒山寺，夜半钟声到客船。"唐朝张继的这首《枫桥夜泊》脍炙人口，传诵千年。但你在赞赏、背诵之余，是否曾经花过一点脑力加以思考呢？看出诗中有什么奇怪的地方吗？

宋朝时，就有人对"夜半钟声到客船"这句提出了质疑。"夜半"不是大家都在歇息的时候吗？寺庙怎么还会"敲钟"扰人清梦？寺庙通常是在清晨敲钟、傍晚击鼓，也就是所谓的"暮鼓晨钟"。所以，张继的诗虽然很优美，却是脱离现实的文人想象。

唐宋八大家之一的欧阳修，在《六一诗话》里对此说法表示赞同，认为寺庙在三更半夜敲钟是"荒唐"的。但后来有人告诉他，唐朝时很多寺庙都是在半夜敲钟的，而寒山寺的"夜半钟声"

更是有名，即使到了宋朝，寒山寺依然保持着半夜敲钟的旧习。在被指正后，欧阳修公开承认了自己的错误，自己在不了解唐朝寺庙的规矩，也没有亲自到苏州查证的情况下，就"想当然尔"地附和别人的意见，他对自己的这种"自以为是"深感惭愧。

　　李渔是明末清初著名的文学家、戏剧家和戏剧理论家。他自幼聪明好学，小时候在私塾读《孟子》，老师对"虽褐宽博"一词的解释是，"褐"是穷人所穿的衣服，"宽博"指"衣服又肥又大"。李渔当时就觉得奇怪，穷人为了节省布料，衣服不是应该"又瘦又短"才对吗？他向老师提出疑问，老师却要他照这样"背"就好。这个疑问在他心中藏了多年，直到他后来走遍大江南北，听说北方山区的穷苦百姓有穿褐衣的习惯，他好奇之余决定前往探个究竟。让他吃惊的是，当地居民穿的褐衣果然是"又肥又大"，看起来很不合身。他不解地问一个老人，老人说："这没有什么好奇怪的。我们生活艰苦，只有一件衣服，白天裹身，晚上当棉被，如果不肥大些，哪能盖住全身呢？"李渔一听，茅塞顿开，也为能解答他多年的疑问感到高兴。

　　欧阳修和李渔的故事告诉我们，在读书和学习的过程中，经由不断地思考、质疑、验证与纠正错误，不只能满足自我的好奇心与求知欲，更能让自己获得更扎实的学问与见解。

从林书豪看机会

机会只眷顾有准备的人。

——巴斯德（法国科学家）

二〇一二年，全世界都在疯传"林来疯"，各大媒体纷纷报道跟林书豪相关的讯息。成功绝非偶然，林书豪之所以能够在NBA球场上叱咤风云，他的成长与奋斗历程能带给我们很多启迪，如何看待"机会"就是其中之一。

如果不是因为林书豪的父亲是NBA球迷，他可能不会有喜欢上篮球的机会；如果不是哈佛大学篮球队的教练看中他，他也不会有进入哈佛的机会；如果不是金州勇士队跟他签约，他也不会有打进NBA的机会；如果不是纽约尼克斯队的好手受伤，他也不会有临时上场挑大梁而展现自身爆发力的机会。但就像爱因斯坦所说："在困难的途中，躺着机会。"对林书豪来说，这些机会并非天上掉下来的馅饼，更像是漫漫长夜中乍现的微光。

事实上，林书豪一直不太得志，作为一个身材不算高大的亚洲人，他在球场上遭受了很多压力与冷眼。高中毕业时，他的"第一志愿"是斯坦福大学的校队，因为希望落空，才退而求其次进入哈佛大学。大学毕业后，他的"第一志愿"是洛杉矶湖人队，同样希望落空，他只能去勇士队。后来他虽然如愿以偿地打进了 NBA，但长时间在场外坐冷板凳，之后又先后被转到纽约尼克斯队和休斯敦火箭队，且同样是替补球员。在无数个日子里，他为"连证明自己身手的机会都没有"而暗自伤心。

但各种不利的条件都无法阻挡他对篮球的热爱和苦练，他的父亲从小就为他制订了严格的家庭训练制度："每周训练三次，每次九十分钟，风雨无阻。"而他在成名后受访时更表示，即使坐冷板凳，他也会"持续练习，把该加强的地方加强，只要有机会，连一天也不能浪费，不管身在何处，只想确认自己在不断地改进球技"。巴斯德说："机会只眷顾有准备的人。"就是这样持续不断的准备，让林书豪在机会来临时，立刻抓住了它，展现出了自己积蓄已久的潜能，结果一炮而红。

随后，林书豪离开了让他成名的纽约尼克斯队，转而投效以前冷落他的休斯敦火箭队，这似乎让某些人感到遗憾。其实，林书豪当初如果拘泥或受制于原本的目标与经验，比如非读斯坦福大学或非加入洛杉矶湖人队不可，对别的机会都弃之不顾，那他便无法突破与改变，只能原地踏步，也就没有今天的林书豪了。所以，"机会也只眷顾无所羁绊的心灵"，当另一个机会来临时，我们同样要无所顾虑地抓住它。

一个经理的困境与超越

除非接纳它，否则不能改变任何事。责怪不是解脱，而是压抑。

——荣格（瑞士心理学家）

当人生陷入自己无法忍受的困境时，每个人都希望能有所改变、挣脱困境。但实际情况经常是，你越想改变、挣脱，就会陷得越深；但如果你接纳它，反而能带来迅速且明显的改变，跳出那个让你身不由己的困境。

有一位年轻的经理，患有多汗症——每当自己紧张的时候，手心就会出汗，变得湿答答的。但因为症状轻微，他也就没有在意。有一天，他在街上看到一位重要的客户迎面而来，他正想主动上前握手问候，两个手心却忽然汗出如雨，比平常冒出更多的汗液。他越想制止，汗就流得越多，最后他只能匆匆向对方点个头，尴尬离去。

后来每当遇到类似的情况，在预期的焦虑下，他的两个手心就会立刻汗出如雨。结果，除了多汗症外，他又得了"出汗恐惧症"，因担心出汗而变得害怕与客户见面。在这种恶性循环下，他的社交、工作和日常生活都受到严重的影响。于是他不得不求助于医疗，但看了很多皮肤科医生，都没什么效果。

在日常生活里，类似的例子比比皆是：口吃者要开口说话前、失眠者要上床睡觉时、演讲者要上台演讲时，因为想起过去不愉快的经历，而产生事件即将重演的恐惧，越想避免、掩饰或克服它们，反而引发了更多的焦虑和强迫性意识，结果造成恶性循环。越想改变、挣脱，反而越陷越深。

后来，那位不幸的经理转而求助于精神科医生。精神科医生给他的处方是：下次要和人见面前，当预期的焦虑出现时，不要再隐藏，或想克服它，而是接纳它。最好是先向对方表明你的症状，干脆直接伸出双手让对方瞧个仔细，"看看你在一分钟内究竟能流多少汗？两个人好好研究一下你这种'特异功能'，这样的社交方式应该会比单纯的握手更好、更有创意。"他如法炮制，结果汗反而流得很少。几次之后，当他故意想要在客户面前表演这种"特异功能"时，手心反而冒不出汗来了。

他因为接纳自己，"放下"改变的念头，不再隐瞒、抗拒让自己困窘的问题，结果反而带来了他想要的改变。人生的很多困境不也正是如此？改变的动力不是来自自我否定，而是来自自我接纳。

像大黄蜂般飞行

成功需要两件东西：信心与无知。

——马克·吐温（美国幽默作家）

《大黄蜂的飞行》[①] 是俄国作曲家里姆斯基－科萨科夫的名曲，以小提琴来呈现大黄蜂振翅飞行的景象，相当生动。

在自然界，大黄蜂的飞行可以说是一种非常奇妙的现象，因为大部分会飞的动物都是体态轻盈、翅膀宽大的，但大黄蜂的身躯十分笨重，而翅膀又出奇的短小。就生物学而言，大黄蜂是不可能飞得起来的，而大黄蜂的身体与翅膀的比例设计，从物理学的流体力学来看，同样是没有飞行的可能。

但大黄蜂不仅会飞，而且还飞得很好。为什么呢？当科学家无法给出令人满意的答案时，哲学家说话了。哲学家说："因为大黄蜂不懂生物学和物理学，不知道自己'不可能'飞，所以它们'能'飞。"人生中并非你想做什么就能做什么，固然有很多事是我们（至少是目前）"不可能"做到的，对此最好的办法便是不要再对它们痴心妄想。但也有很多"不可能"只是根据常识、经

———————————————
① 《大黄蜂的飞行》，又名《野蜂飞舞》。

验、科学理论、专家观点所做的判断。生命的一个吊诡之处便是：这种"不可能"的信息知道得越多，在心里就会产生越大的障碍，而你就真的越"不可能"做到。

有一则报道说，某年冬天，在阿尔卑斯山山脚下，有两名男童在结冰的湖上游戏，其中一个男孩不小心踏破薄冰，掉进湖里，卡在一个凹洞中。他拼命想击碎冰块爬上来，却办不到。他的同伴想拉他上来，也毫无作用。在千钧一发之际，同伴看到岸边有一根树枝，于是连忙跑去拿过来，用树枝不断敲打冰块，最后总算敲开了一个大洞，将陷在冰下的男孩拉了出来。

当大人们陆续赶来后，看着湖上的冰层和那根小小的树枝，还有两个瘦弱的男孩，大家一脸迷惑，议论纷纷："这怎么可能？他们到底是怎么办到的？"一个老人忍不住说："让我告诉你们吧！他们办得到是因为当时没有你们这些人在旁边一再泼冷水，插嘴说'这怎么可能'？"

有人说想要"能"，就要擦掉"不能"中的"不"字。但与其擦掉"不"，不如什么都"不知道"。只要你想做的事在自然法则之内，不会离谱到想要当神仙，那不管你想做什么，就全心全意去做吧，根本不必去想可能不可能。要想自由无碍地发挥潜能，你就要像大黄蜂一样，需要某种无知——对"不可能"的无知。

辑四

完美藏在细节里

一块石头能走多远

滴水穿石，不是因其力量，而是因其坚韧不拔、锲而不舍。

——拉蒂默（英格兰教士）

世人常津津乐道，某人白手起家，建立起一个庞大的企业王国；某人才华出众，创造了一系列不朽的杰作。其实，每个人都可以建立属于自己的王国、创造表达自我的杰作，关键看你怎么做。

法国有一位邮差叫薛瓦勒，每天徒步来往于乡间送信。有一天，他在崎岖的山路上被一块石头绊倒了，起身时，发现这块石头的样子十分奇特。他有些爱不释手，于是将石头放进邮包里。进了村子，他拿出石头向村民炫耀。但村民笑说，那种石头山上到处都是，一辈子也捡不完。

当晚，他躺在床上，突然兴起一个念头：若用这种美丽的石头来建造城堡，那将会多么迷人……于是，从第二天起，他在送信的途中都会顺便寻找这种石头，回家时邮包里总是会多几块石头。不久，他就收集了一大堆奇形怪状的石头，但离建一座城堡的目标还差得远。于是，他开始推着独轮车去送信，沿途收集中意的石头，每天回家便带回一车的石头。

他变得非常忙碌。白天是一个辛勤的邮差兼运石工，晚上则成了一个充满抱负的建筑师，按自己的蓝图去建造他的梦幻城堡。如此经过了二十多年，在他所住的偏僻乡间，终于出现了一座座美丽的城堡，有欧洲式的、阿拉伯式的、印度式的……

一九〇五年，一位记者偶然发现了这些城堡，大为赞叹和惊讶，为此特别写了一篇报道。在媒体披露后，邮差薛瓦勒和他的城堡立刻成为社会焦点，很多人都慕名前来参观，连一代艺术大师毕加索也在参观者之列。薛瓦勒兴建的城堡后来成为法国著名的旅游景点，就叫作"邮差薛瓦勒之理想宫"。在城堡入口处，有一块石头上刻着："我想知道一块有了愿望的石头能走多远。"据说，它就是当年绊倒薛瓦勒的那块石头。

薛瓦勒花了二十年工夫所建造的梦幻城堡，就是他的王国、他的杰作，其价值和意义完全不逊于企业家所建立的企业王国或艺术家所创作的艺术杰作。你也可以建立自己的王国，创造表达自我的杰作。但首先，你必须先拥有梦想和意愿。至于你的梦想和意愿能走多远？那就要看你想让它们走多远啦。

马拉松赛跑与登陆月球

完成事情的并非巨大的一步，而是无数的小步。

——柯罕（美国企业家）

老子说："千里之行，始于足下。"远在千里外的目标，非常遥远，你须从现在踏出第一步，然后一步一步去完成它。有些人在走了一段路后，觉得目标仍然遥不可及，因此失去斗志与毅力，半途而废。这时，你需要的是将一个长远的目标拆开来，分成几个小目标。然后分阶段去完成每个小目标，当依序完成所有的小目标时，那个看似遥不可及的目标就可以完成了。

马拉松长跑比赛就是一个很好的例子。全程距离四十二点一九五公里①，参赛者的体力、速度和耐力都受到严格的考验，如果你一鼓作气地朝终点直奔而去，那肯定会在跑到半途时就疲惫不堪。

在东京国际马拉松邀请赛与意大利国际马拉松邀请赛中，连续获得冠军的日本选手山田本一，在自传里透露他的成功秘诀。

每次比赛之前，他都要先乘车沿着比赛的路线仔细走一遍，

①1公里＝1千米。

每隔一段距离就找出一个醒目的标志作为阶段性的目标。比如第一个标志是银行，第二个标志是一棵大树，第三个标志是一座红房子……这样一直标到比赛路线的终点。到真正的比赛开始时，他心中想的是他的第一个目标银行；在快速跑到银行后，他再朝第二个目标大树迈进……如此这般，漫长的路程就被他分成几个小目标后轻松完成了。

登陆月球和马拉松赛跑看似是两件完全不相干的事，但背后却隐藏了同样的道理。在发明火箭后，人类觉得可以靠它来实现登陆月球的美梦，但在真正着手去进行时，却发现困难重重，因为要将人送上遥远的月球，牵涉到火箭的重量和速度问题，多数科学家都被这两个难题深深困扰着。后来有人提出"多节火箭"的构想，就是将火箭分成若干节，当第一节将其他节送出大气层后便自行脱落以减轻重量，依此类推，这样火箭的其他部分便能轻松地飞往月球了。最后，人类就是靠这种"多节火箭"实现了登陆月球的美梦。

人生就好像一场马拉松赛跑，人生的梦想就好比要登陆月球。你的目标看似遥不可及，但只要你将它拆成几个小目标，分阶段去完成它们，那不仅会让你的目标看起来比较轻松、容易实现，你也能因陆续完成许多小目标而得到更多的快乐与满足。

卖麻辣酱的老干妈

狐狸有很多伎俩，但刺猬只有一招。

——希腊谚语

古希腊人说："狐狸有很多伎俩，但刺猬只有一招。"表面上看起来，狐狸既聪明又能干，刺猬则显得笨拙。不过求生的技巧在精而不在多，虽然刺猬只会一招，但只要管用，那反而省事，也更具智慧。

有一个人，出生于贵州的一个贫苦山村，没读过一天书，二十岁嫁人，没几年丈夫就死了。为了养活两个孩子，她四处打工、摆地摊。三十六岁时，她用多年积蓄在贵阳市开了家简陋的餐厅，卖凉粉、冷面等餐点。靠过去学来的手艺，她自制麻辣酱，作为拌凉粉的调料。营业没多久，生意就十分兴隆。

她慢慢发现，客人喜欢的其实不是凉粉、冷面等餐点，而是用来做拌料的麻辣酱。于是她开始认真研究这不起眼的拌料，经过一再调配，她的麻辣酱风味越发独特，很多客人用完餐后，都会顺便买些带回去，甚至有顾客特意来买麻辣酱。后来她发现，附近十几家餐厅竟然也都偷偷地来买她的麻辣酱回去做拌料。她一下子气炸了，难怪她每天做的麻辣酱都供不应求，原来她是在

"喂肥别人坑自己"。

隔天，她就不再单独卖麻辣酱了。没多久，那些买不到麻辣酱的老板纷纷来求她，劝她说，既然能做出那么好吃的麻辣酱，还卖什么凉粉、冷面？干脆开家麻辣酱工厂算了。这话让她灵机一动，于是在四十三岁那年（一九九六年），她真的把餐厅关了，开了一家加工厂，专门生产麻辣酱。

她，名叫陶华碧，人称"老干妈"，她卖的麻辣酱就叫"老干妈麻辣酱"。她如今是老干妈风味食品有限责任公司的董事长，拥有五千多名员工，年营业额达二十亿人民币，产品销售各省及全世界二十多个国家。

如果要在狐狸与刺猬中间做个选择，那大部分的人都会选择当狐狸，好显示自己既聪明又能干，这个也会那个也会，这个也卖那个也卖，忙得不亦乐乎。但样样通可能样样松，太多东西摆在一起，反而会模糊焦点，让人看不出什么特色。陶华碧本来也是在做"狐狸"，最后却选择当"刺猬"，割舍掉其他，只留下一种东西——最能显出自己特色、最具有商机的麻辣酱，结果反而以简单的方式得到丰硕的成果。这正是刺猬比狐狸高明的地方。

兴趣靠培养

要让兴趣得到报酬，一个人必须付出磨炼和献身的代价。

——科玛洛夫斯基（俄国作曲家）

现代人强调"做自己"，而其中最重要的莫过于"做自己感兴趣的事（或工作）"。的确，自己感兴趣的事情不仅做起来较愉快，而且可能会更易获得比别人更好的成果。问题是你怎么知道自己对什么事"有兴趣"？很多人只对吃喝玩乐有兴趣，对应做的工作则是一遇到困难或挫折，就说"没兴趣"或"不适合我"而放弃，结果，一把年纪后，还是对所有的工作都"没兴趣"。

在美国，有一个人天资很高，十四岁就得到耶鲁大学的入学申请。父亲问他想学什么，他说他从小就特别喜欢语言学与人类学，他想学这两门自己感兴趣的学科，但父亲认为那太可惜了，还觉得他可能会因此而"饿死"，所以建议他学工程学，但他兴趣缺缺。后来，父子俩求助于心理测验，测试的结果显示他适合读"工程以外"的任何学科。最后，父子间妥协的结果是，儿子决定念物理。不过在进了耶鲁大学物理系后不久，他发现自己一点也不喜欢物理，读得很糟糕也很痛苦，于是想要转系。但他父亲却说"你会习惯的"，并坚持要他念下去。过了一段时间后，他才慢慢读出趣味来，特别是对新颖的基本粒子理论兴趣浓厚。他就是后来以"夸克理论"获得一九六九年诺贝尔物理学奖的默里·盖尔曼。

类似的例子还有不少，比如法国免疫学家让·多塞，因为对HLA（人类白细胞抗原）的杰出研究而获得一九八〇年诺贝尔医学奖。但他从小就胆小怕血，他的卧室窗口正对着一家医院，因此他经常会看到生老病死的场面，这使他打从心里不喜欢医学。但他的父亲却是个优秀的医生，而且希望他能克绍箕裘，所以在他高中毕业前，特意带他进入医院，和医学院的学生一起观摩手术，没想到血淋淋的场面竟让他当场昏倒！觉得"孺子不可教"的父亲愤怒地打了他几个耳光，结果更触发了他的反抗心理，父子关系因而变得很紧张。

后来，他父亲的一位年轻助手提议带多塞去旅行。他们驾船沿着卢瓦尔河漫游，在途中，助手向多塞介绍了很多有趣的医学知识，并以亲身经验向他讲述为病人解除痛苦所带来的成就感和快乐。这才让多塞慢慢对医学产生兴趣，并在最后做出学医的选择。

兴趣不只靠发现，更需要靠培养，如果你对某种工作"一见钟情"，那固然值得庆幸，但实际上，只有长期培养出来的感情才能持久、开花结果。同样的道理，只有长期投入、深度品尝所培养出来的兴趣才能持久，并最终开花结果。

如何把水烧开

同时有十个目标比完全没有目标更糟糕。

——卢克（美国作家）

人生要有目标，而且还不只要有一个目标，因为人生有很多面向，我们也有各种潜能，多重目标可以展现我们的各种才艺，让生活变得多姿多彩。

有位少年到乡下探望爷爷，兴高采烈地告诉爷爷他现在除了学校的功课外，还参加了心算班，星期六学柔道，星期日学钢琴，更抽空看《自然图书馆》全集，打算三个月内将它看完……爷爷听了，连声赞许他："很好！很好！"然后带少年到厨房，说要让少年和他一起烧开水。

厨房用的是老式的炉灶，爷爷用一个很大的水壶装满水放在灶上，然后将几根木柴放入灶内点燃。少年注意到，厨房内剩下的木柴很少，根本不可能将那一大壶水烧开，他将自己的疑虑告诉爷爷，于是爷爷要少年到屋后的林间去捡些枯枝回来，少年却说等捡到够用的枯枝回来，烧到一半的水就又凉了。

爷爷意味深长地看着少年问："那怎么办呢？"少年想了想，说："我们把水倒掉一半，就能用这些柴火把水烧开啦。"爷爷高兴地说："这就对了！"然后拍拍少年的肩膀，"人生当然要有一些追求的目标，但每个人的时间和才能都有限，目标太多就好像水壶里装了太多的水，有限的柴火是无法将水烧开的。为了将水烧开，我们要衡量自己的时间和能力，减少目标的量，不要在同一个时间内学太多东西，做太多事。"

种花的人都知道，不管是玫瑰、菊花或牵牛花，特别是盆栽的花卉，在养分有限的情况下，如果花苞太多太密，那就要懂得割舍，摘除一些长得不太理想的花苞，而只保留几个较好的，让它们能得到较多的养分和较大的生长空间，这样花才能开得较大、较美丽。不仅烧开水或种花，其他事情也都一样，当时间和资源有限，无法兼顾质与量时，为了维持或提高品质，我们就必须要牺牲量。重质不重量才是明智之举。

人生可以有很多目标，但它们有轻重缓急之分，你什么都想同时得到，那可能什么都得不到。在有限的时间里，我们只能有有限的目标，等到实现了，在迈入另一个阶段后，再定出新的目标也不迟。

明天的计划

明天，是伴随新力量与新想法的新的一天。

——埃莉诺·罗斯福（美国首任驻联合国大使）

在你确立了人生的目标后，你还需要有如何去实现它的计划。一个好的计划就好比一张路线图，标示着我们的目的地和抵达那里的路径。几乎每个人都会认真考虑自己的人生要有什么目标，对如何让美梦成真也会有所计划，却很少有人会想到明天要有什么目标，并在今天就先做个计划。

伯利恒钢铁公司原是美国一家不起眼的公司。在施瓦布出任总经理后，他向效率专家艾维·利请教："公司的目标我很清楚，你只要告诉我如何执行。"艾维·利告诉他的方法很简单：每天在一张卡片上写下明天计划做的六件事，然后用数字标明每件事的重要性顺序。第二天一早就拿出卡片，先做最重要的第一件事，其他事都不考虑，等做完第一件事情后，再做第二件、第三件……直到下班为止。如果当天只完成一两件事，也没关系，因为已经将最重要的事做好了。在持之以恒做了一段时间，且自己认为有效后，要公司的员工也照这样的方法去做。

几个星期后，艾维·利收到施瓦布寄来的一封信，内附一张两万五千美元的支票作为咨询费，施瓦布说，艾维·利告诉他的方法是他一生中所学到的最有价值的一种方法。几年后，伯利恒钢铁公司一跃成为世界上最大的独立钢铁厂。

"没有计划就是计划失败。"我们不只对人生要有计划，对明天也要有计划。因为人生就是由一天一天累积起来的，过好每一天，你就能有更美好的未来。而且，我们要计划的不是"成果"，而是"行动"，没有行动的计划只是空想。

艾维·利所提供的方法其实就是一种时间管理法。善用每一天的时间，不是只将时间填满而已，而是要懂得事情的优先顺序，按事情的重要性来安排时间，这才是聪明的时间管理。就好像要将水、细沙、小碎石、大石头放进一个大的玻璃缸中，那你一定要先放大石头，再放小碎石，然后是细沙，最后是水，这样你才能放进最多的东西。每个人每天的时间都一样多，就好像一定大小的玻璃缸，如果你总是先做些琐碎的小事，就像是先往玻璃缸里放细沙，那玻璃缸里就放不下大石头了，也就是说，你就没有什么时间去做真正重要的事情了。

一个井然有序的心灵，必然也能将他的时间安排得井然有序。

忍耐的价值

天才，无非是长久的忍耐。

——福楼拜（法国作家）

有人说："一鸟在手，胜过二鸟在林。"但如果能得到两只鸟，你愿意多花点时间到林子里寻找或等待吗？

斯坦福大学的一位博士曾在幼儿园里进行过一个"棉花糖实验"：他把一群四岁的孩子带进一个房间，拿出一堆棉花糖（有时是曲奇饼、巧克力等），叫一个实验员先离开去办点事，然后给小朋友两种选择：一是可以立刻得到糖果，但只能得到一颗；二是等待那位实验员回来才能得到糖果，但可以得到两颗。结果，有的孩子选择不等待，立刻享用一颗糖果；有的孩子选择等待，在得到两颗糖果前忍耐、抗拒那唾手可得的诱惑。

当这些孩子进入青春期后，心理学家又对他们做了好几次追踪研究，结果发现：

当年选择忍耐的孩子，在中学时期显得较有自信，面对困难时较不会轻言放弃，社会适应能力较佳，学业成绩也更为优异。而当年选择立刻享受的孩子，不仅成绩较差，更有三分之一的孩子容易因挫折而丧志，遇到压力就退缩放弃，经常怀疑或羡慕别人，也常发脾气。同时，大学入学的考试成绩显示，"忍耐型"孩子的成绩也普遍高于"立刻享受型"孩子的成绩。幼儿园时用糖果所做的忍耐测验，比智力测验更能预测他们后来的大学入学考试成绩的高低，其准确度是智力测验的两倍。

这个实验告诉我们，当面对小的成就或诱惑时，不要急着立刻享受而心生懈怠，若能耐心等待，不仅可以让我们得到更大的满足，而且能帮助我们在日后获得更高的成就。忍耐的价值远大于聪明才智。

俗语说："一分耕耘，一分收获。"这指的通常是"量"，你做了多少耕耘，才能有多少收获。但从时间上来看，它也表示，你要花很多时间去耕耘，但收获可能只在一瞬间。就好像一个母亲需怀胎十月，而婴儿的诞生却只在一夕之间。收获令人愉快且令人期待，所以很多人巴不得它越快到来越好，但其实我们真正要做的，是花时间去耕耘。你花更多时间耕耘，才可能有更好的收获。

有一位画家去拜访德国知名画家门采尔，诉苦说："我画一幅画只需花一天的工夫，但要卖掉它，却要等上整整一年的时间，实在太辛苦了。"门采尔建议他："亲爱的朋友，你何不倒过来试试？要是你能花整整一年的工夫去画一幅画，那么可能只需一天的时间就能卖掉它。"

忍耐，不只是不急着获得满足，更是要耐得住长时间的耕耘。

专心的秘密

成功的心灵在工作时就像螺丝刀，只在一个点上用力。

——博维（美国企业家）

很多人抱怨说，自己读书或做事之所以缺乏效率，问题在于无法专心。为什么无法专心呢？主要是因为外界的噪音、干扰和诱惑太多，自己的心根本静不下来。但真的是这样吗？先听听下面这个故事。

宝志禅师是南北朝时的高僧，梁武帝曾向他学习佛法。宝志禅师觉得梁武帝的俗念过重，为了坚定其心志，有一天在说法时，向梁武帝要了二十名死刑犯，让他们列队站在庭院里，并让每个囚犯在头上顶着一满杯的水，然后告诉他们就这样绕着庭院走一圈，如果杯中水没有溢出来，就请皇上赦免他们的死罪。当囚犯们顶着水杯慢慢走动时，宝志禅师要乐队在旁边大声奏乐。

过了很久，囚犯们总算走完了一圈，他们头上杯子里的水竟都奇迹般地没有溢出来。宝志禅师问他们刚刚有没有听到音乐声，囚犯们仿佛从梦中醒来般，个个都说"没有"。宝志禅师于是对梁武帝说，这些囚犯因为非常渴望能免去死罪，心中只有头上的那杯水，所以能对音乐声充耳不闻。然后他借此劝梁武帝放弃俗念，坚定自己专心向道的意志。

你无法专心，不是因为外界的干扰太多，而是你缺乏一个明确的目标，而且完成此目标的意志又不够坚定。

王羲之是东晋时期著名的书法家，他练字非常专心，经常因此废寝忘食。有一天，他在书房练字，妻子再三催促他吃饭，他都不理。无奈之余，妻子只好叫仆人将馒头和蒜泥端到书房，给他当午饭。过了半晌妻子来看时，发现他一边吃着馒头一边练着字，但却把墨汁当成蒜泥蘸来吃，吃得嘴巴四周漆黑一片，而且还一副津津有味的模样。

王羲之此举也是因为太过专心，境界比前面的死刑犯要高出许多。王羲之不是为了达到什么目的才专心，而是因为他热爱自己所做的事情，因热爱而成痴迷，变得浑然忘我，茶饭不思，食不知味，或吃什么都无所谓，都甘之如饴。如果你无法专心，那可能是因为你对你所做的事情缺乏热爱，不够痴迷。

专心，就是把你所有的鸡蛋都放在同一个篮子里，然后全神贯注、好好照顾这个篮子里的鸡蛋。有些专心需要自我要求，念兹在兹，但更令人向往的一种专心，是因热爱当下的工作而忘记周遭的一切。

照顾好每一分钟

节省时间，也就是使一个人的有限生命，更加有效，而也即等于延长了人的生命。

——鲁迅（中国著名文学家）

现代人都很忙碌，大家常说的一句话是："我挤不出时间来。"其实，时间不是用"挤"，而是靠"安排"，每个人一天的时间都一样多，关键在于你怎么去安排。而在安排时间时，我们最容易忽略的莫过于零星的时间。

每天我们都有很多零星的时间，比如等车的五分钟、等吃饭的十分钟，很多人在"枯等"中把时间浪费掉了，但有人却善于用这些零星的时间完成可观的工作。比如美国诗人朗费罗，他利用每天等待咖啡煮好的十分钟来从事翻译，日积月累，在数年间完成了但丁的巨著《地狱》的英译本。比彻也利用每天等待开饭的短暂时间，读完了历史学家弗劳德长达十二卷的《英国史》。

美国的爱尔斯金不只是一位杰出的小说家、诗人，出色的钢琴家，还在哥伦比亚大学担任教职，有人问他为什么能"挤出时间"做这么多事？他说这得益于少年时期钢琴老师的教诲，当他跟老师说他每天练琴三四次，每次约一个小时的时候，老师劝他要养成"一有空闲就几分钟几分钟练琴"的习惯，因为长大后事情多了，就不太可能有那么多"完整的一小时"。但当时他不以为意，后来，他果然变得很忙碌，中断了写作和弹琴，在不无遗憾的情况下他想起了老师的教诲，于是开始利用零星的时间写作和弹琴，只要有五分钟左右的空闲时间，他就坐下来写上短短的几行小诗，一星期下来，居然写了不少东西。如此积沙成塔，集腋成裘，结果使他拥有了比别人更多的成就、更丰富的人生。

运动需要时间。过去的观念认为，每次运动的时间不能少于三十分钟，这样才能有促进心肺功能的效果，于是很多人因为挪不出完整的三十分钟，所以干脆就不做运动。但现在的研究却显示，每次做五分钟运动，累积多次，其效果并不逊于一次长时间的运动。较为激烈的短时间运动（比如十次的俯卧撑），多做几次，效果反而比一次长时间的运动来得更好。

每个人拥有的时间看似一样多，但只要你善用零星的时间，照顾好你的每一分钟，不让它们平白溜走，不管是用来读书、写作，还是练琴、运动，那你就能拥有比别人"更多"的时间、更丰富的人生与更健康的身体。

请让我负责

> 快乐和尽责是分不开的，我常借尽自己的责任，以增加自己的快乐。

——华盛顿（美国国父）

在电视上，经常可见某人一脸严肃地说："对于这件事，我负完全的责任。"但多数人听了可能都会认为，他其实不必"一肩扛下"，因为在这个分工合作的社会里，要为某件事负相关责任的人太多了，"人人有责任"等于"人人没责任"，只有傻瓜或被迫当替死鬼的人才会说"我要负完全的责任"。但如果你认为"不必负责"才能让人工作得更愉快，那你就错了。

美国有一家柯林玻璃工厂，由女工来制造一种电热板。她们在生产线上，每人只完成电热板的一小部分后就传给下一个人，这是种看起来轻松且没有什么技术含量的工作，也因此电热板的品质和产量都不尽理想。后来，柯林公司听从专家的建议，调整了工作模式，改由每个人独立完成整个电热板的制造，而且需自己检查有无瑕疵。女工还可以自己拟定工作流程进度，自行做品质控制。乍看之下，这是相当违反现代工业"分工与效率"原则的，但在这种方法施行六个月后，产品的不合格率从百分之二十三降到了百分之一，缺勤率也从百分之八降到了百分之一，而且产量几乎增加了一倍。

美国心理学家赫茨柏格教授，曾提出下面这个发人深省的实例：有一家大公司请了几位女秘书专门回复股东的来信。以前回复这些来信都需依循既定的标准格式，在打好字后还需呈送上司复阅，签字后才能寄出。但后来公司改变了这种工作方式，要秘书们对其回信内容的正确性与品质自行负责，并鼓励她们以自己的方式来回信，信打好后，女秘书自行签名即可投邮。而且每位女秘书专精于公司的一项资料，还可以帮助其他同事回复棘手的信件。半年之后，这些被赋予高度责任的女秘书比起仍依原来方式工作的秘书有更好的表现，觉得工作较愉快，也较少缺勤。

玻璃工厂的女工和大公司的女秘书，为什么在改变了工作方式后会有更佳的表现呢？理由很简单，因为她们对自己所做的工作"负完全的责任"，这不仅使她们工作起来更有效率，而且还感到更愉快，更有成就感。

其实，我们每个人都想自己从头到尾做好一项工作，能对自己的工作负起完全的责任。就像美国国父华盛顿所说："快乐和尽责是分不开的，我常借尽自己的责任，以增加自己的快乐。"

完美藏在细节里

琐碎带来完美，但完美绝不是琐事。

——米开朗琪罗（意大利艺术家）

有句古话说："成大事者，不拘小节。"有人因此认为做事不必在意琐碎的细节，甚至还频频为自己的马虎、草率找借口。其实，前面那句古话主要的意思是说，想要成就一番大事业，就不要受到一些狭隘观念的束缚。在观念上，我们可以灵活，但在行事上要注意细节，因为"上帝"就藏在细节里，同样"魔鬼"也藏在细节里。

美国石油大亨洛克菲勒，在从一文不名的年轻人成为世界首富后，说："我成功，是因为对别人往往会忽略的平凡小事特别关注。"他年轻时在某石油公司工作，负责巡视并确认石油罐盖有没有自动焊接好。这是一件既枯燥、无聊而又需要一再重复的事情，但他注意到一件琐事：焊接剂要滴落三十九滴才能完成焊接工作。他想，如果能将焊接剂减少一两滴，就能替公司节省成本，于是他开始进行一个小小的研究。他费了不少心力，先是研制出"三十七滴型焊接机"，虽然可省两滴油，但偶尔会漏油，他觉得不太理想，于是再度实验，最后终于研制出更完美的"三十八滴型焊接机"，立刻受到公司的赞赏与采用。这种新的焊接方式节省的虽然只是一滴焊接剂，每年却都能给公司带来庞大的利润，而洛克菲勒也靠此平步青云。

西方"文艺复兴三杰"之一的米开朗琪罗，是有名的"缓慢大师"，无论是雕刻或绘画，为了力求完美，他都会花很多时间去反复推敲、琢磨，一改再改。有一天，一位朋友来拜访，看见他正在为一尊雕像做最后的修饰。过了很长一段日子，朋友再度来访，发现他仍然在修饰那尊雕像。朋友没好气地说："我看你的工作一点都没有进展嘛，你的动作太慢了！"米开朗琪罗回答说："我花很多时间来修饰，是希望让雕像的眼睛更有神、皮肤更亮丽、肌肉更有力。"朋友不耐地说："哎呀，这些都只是一些小细节嘛！"米开朗琪罗严肃地说："没错，这些都是小细节。不过若能把所有的小细节都做好，那就会变得完美了。"米开朗琪罗之所以能成为艺术大师，就是源于他对细节的注重。

注重细节，让工作变完美，也让人成功；忽视细节，则经常导致失败，甚至一种事物的灭亡，就像富兰克林所说："一个小小的裂缝会沉没一艘大船。"其实，老子在三千年前就说过："天下难事，必作于易；天下大事，必作于细。"意思是说，天下的难事，都从容易的地方做起；天下的大事，也是从细微的地方做出来的。如果你想"成大事"，那你就应该养成注意细节的习惯。

读书好比吃饭

为学要如金字塔，要能广大要能高。

——胡适（中国近代文学家）

如果说书本是我们的精神食粮，那么读书就好比吃饭，为我们的心灵提供养分。饮食要均衡，不偏食，才能让身体获得必要而充足的营养。同样地，读书，特别是在学校学习时，对待各科也都要认真研读，才能让我们拥有生活必备的知识和技能。

有一个中学生，他特别喜欢生物这门学科，生物考试的成绩总是班上第一名。但他也只喜欢生物，对其他科目都兴趣缺缺，考试也都不及格，结果惨遭学校退学。他的生物代课老师是当地一位有名的医学院教授，觉得他若这样被学校放弃很可惜，于是向学校求情再给他一次机会，同时告诉他："读书就像吃饭，什么都吃的孩子才长得壮，一个耐得住枯燥课程的学生，将来才有获得更高教育的机会。"为了扭转他对知识的"偏食"，这位教授还特别抽出时间，亲自辅导他不感兴趣的科目。

因为改变了读书的习惯，后来他顺利进入大学，并且成为国际知名学者。他就是提出"双名命名法"，为生物建立统一而科学的分类与命名系统的瑞典生物学家林奈，而当年辅导他的则是罗斯曼教授。

罗斯曼是怎么治愈林奈的"知识偏食症"的呢？林奈在成名后，曾说："罗斯曼没有强迫我念书，他让我感到自己知识的不足，并且自然而然产生了对书本的饥渴。没有他的启发，我一生充其量只是个爱花的人，而不会为所有的生物、矿物建立一个分类系统。"从这段话中可知，要避免知识上的偏食，最有效的办法是对每种知识都因好奇而感到饥渴。

其实，我们在中学时期所学的各门科目，都是教授我们作为一个现代公民所必须具备的基本常识、思考训练或解决问题的方法。它们就好像维持身体健康、发育、成熟所必需的营养素，你不能因为自己没有兴趣或认为将来用不到就冷落，甚至排斥它们。比如有些人也许会认为学校所教的"几何知识"对他的现实生活没有任何助益，而他又没兴趣，为什么要勉强自己花时间去学它？但知名的昆虫学家法布尔曾说，他在写《昆虫记》时，"特别感到年轻时候学的几何学发挥了莫大的作用。尤其要将自己的发现和想法让他人了解时，由'几何证明'学到的循序渐进的论理方法，特别有用"。

读书就像吃饭，我们要消化、吸收的不是一本书、一门科目表面的信息，而是它们背后的理念，是思考训练、解决问题的方法。

让巨树倒下的小甲虫

习惯像一条巨缆，我们每天织进一条线，最后终于无法割断它。

——侯瑞斯·曼恩（美国教育改革家）

人是自然的一部分，自然界也不断给我们启示。我曾经看到一则报道说：在美国科罗拉多州的山上，躺着一棵巨树的残骸，自然学家发现，它已有四百多年的历史了。它初发芽时，哥伦布刚在美洲登陆；第一批移民到美洲来时，它才长了一半大。在漫长的生命里，它曾经被闪电击中过十四次，更受到无数狂风暴雨的侵袭，但都屹立不倒。最后，一小撮甲虫开始持续不断地攻击这棵树，它们从根部往里咬，渐渐伤了树的元气。结果，这个森林里的"巨人"，岁月不曾使它枯萎，闪电不曾将它击倒，狂风暴雨没有伤到它，却因为一小撮可以用手指捏死的小甲虫而终于倒了下来。

摧毁、腐蚀巨树生命的小甲虫，让我想起我们的坏习惯，比如赖床、贪吃、懒惰、不守时、背后说人坏话等，它们看似微不足道，但对我们人生成败的影响，往往比我们的聪明才智更具关键性。就像巴斯卡所说的："习惯是摧毁我们第一天性的第二天性。"一旦懒惰成为你的习惯，它就会默默啃食你的聪明才智，让你一事无成。

虽然很多人都想克服、消除自己的坏习惯，但是知易行难。因为坏习惯像"一张舒适的床，上去容易下来难"，更像"一条巨缆，我们每天织进一条线，最后终于无法割断它"。所以，要免于受坏习惯摧残的最好方法，就是在刚开始织进一两条线时，便当机立断，立刻扯断它；而当它已变成一条巨缆时，那就要培养另一个好习惯去取代它。在都无效时，知名的自然学家毕弗则给了我们另一个启示。

毕弗出身富裕家庭，一向养尊处优，过着懒散的生活，每天都睡到日上三竿才起床。后来他觉得这样虚度人生不是办法，于是下定决心要戒掉赖床的习惯，早起工作。他要求仆人约瑟夫每天早上六点以前务必叫他起床，而且答应给他五先令①作为奖赏。约瑟夫每天都照约定去叫毕弗起床，但毕弗总是以各种理由拖延，如果约瑟夫不断催促，他甚至还会恼羞成怒，大发脾气。好不容易起床后，他又责怪约瑟夫没有在约定的时间里叫他起床。后来，约瑟夫终于狠下心，不管毕弗如何恳求和威胁，时间一到就拉他起床。有一次，不管约瑟夫怎么拉，毕弗硬是不起床，约瑟夫一不做二不休，就去拿了一盆冷水过来，往蜷曲在床上的毕弗身上一泼，毕弗才彻底清醒过来。

毕弗成名后，常对人说："我今天能有三四卷博物学的著作，都是约瑟夫的功劳。"习惯是内生的，如果你自己无法戒除恶习，那最好请人从外面大刀阔斧地来帮助你矫正。

---

①先令：英国的旧辅币单位。

辑五

上帝让他变成蝴蝶

甜甜圈与窟窿

悲观导致软弱，乐观带来力量。

——威廉·詹姆斯（美国心理学家之父）

人有乐观与悲观之分。但要怎么知道自己是乐观还是悲观呢？首先，要看你看待世界的角度。比如看到桌上有半杯水，如果你说："还好，还有半杯水可以喝！"那你就是乐观者；如果你说："糟糕，怎么只剩下半杯水了？"那你就是悲观者。又比如你在鞋厂当业务员，被派到蛮荒之地考察市场，如果你回来报告说："那里没有市场，因为土著们都赤脚不穿鞋。"那你就是悲观者；如果你的报告是："那里有很大的市场，因为土著们都还没穿鞋子。"那你就是乐观者。

对同一件事情，乐观者倾向于从正面的角度去看待，而悲观者则喜欢从负面的角度去看待。这也正是威尔逊所说的："乐观者看到一个甜甜圈，悲观者则看到一个窟窿。"或是丘吉尔所说的："乐观者在每个灾难中看到机会，悲观者则在每个机会中看到灾难。"

除此以外，还要看你对事情或问题的解释模式，这可以从下面三个面向来考察。

一、持续性。当坏事发生时，如果你认为那将持续不断，挥之不去，并认为好事是短暂、不可期待的，那你就是一个悲观者。当坏事发生时，你认为那只是偶尔、短暂的，好事才是更常见且持久的，那你就是一个乐观者。

二、普遍性。如果你认为坏事是普遍的、无所不在的，失败是全面性的，这个领域的失败表示其他领域也会失败，那你就是一个悲观者。如果你认为好事才是普遍存在的，坏事不过是特殊情况下的产物，失败只是局限性的，今天失败并不表示明天也会失败，那你就是一个乐观者。

三、个别性。当事情出差错或失败时，如果你认为这都是你个人的无能或缺失所造成的，自己要负绝大部分的责任；当事情顺遂时，你却认为那只是自己运气好，那你就是一个悲观者。反之，当坏事发生或遭遇失败时，如果你认为那是环境因素所致或自己运气不好；当事情圆满成功时，你则认为那是自己努力的结果，那你就是一个乐观者。

当然，这个世界上没有绝对的乐观者或悲观者，所有的事情和问题都有正反两面，差别在于比重的大小，而这个比重是可以调整的。只要你在遇到问题时，提醒自己多从正面角度去看待，修正看待问题持续性、普遍性、个别性的比重，就可以增加你的"乐观指数"。

为自己准备一百个春天

冬天在我头顶，但我心中有个永恒的春天。

——雨果（法国小说家）

多数人在遭遇挫折时，难免会感到沮丧，如果不让情绪长期陷入低潮状态，大家都知道，"保持乐观，多看看事情的光明面"是激励自己或别人最好的方法。要想真正发挥激励作用，让人动容的具体事例远比简单的观念、口号来得有效。事例越具体就越有说服力，而且最好是在平日里就准备好，以便随时能派上用场。

夏威夷大学橄榄球队教练托迈用的"剪报法"就是一个很好的例子。他花数年时间收集历届"逆转胜"——眼看已是必败无疑，但最后却扭转乾坤的橄榄球赛事的报道，将它们全都贴在一张大海报上。有一次，他的球队在和怀俄明大学的对抗赛里兵败如山倒，中场比分 0∶22，可说是已溃不成军。中场休息时，球员们个个愁眉苦脸、垂头丧气，托迈适时在他们面前"秀"出这张大海报来鼓舞他们。一篇报道也许不会让人觉得特殊，但多篇汇集在一起就会产生很大的激励作用，原本已失去信心的球员在看到这么多反败为胜的具体事例后，又都重燃希望和斗志。下半场比赛一开始，队员们个个像出栏的猛虎般锐不可当，不仅没让对手再得一分，而且势如破竹，最后终于以 27 ∶ 22 的比分反败为胜。

北极考察探险队队长贝德用的则是"日记法"。在考察队出发到北极后，他要求队员每天除了写考察日志外，还要描述他们所看到的阳光下的景物。队员们虽然觉得有点莫名其妙，但也不敢违抗，对所见之物一一详加记录。后来由于天气问题，考察队无法及时返回，只能在黑暗的极夜中等待。当队员们纷纷因沉闷、沮丧、不安而濒临崩溃时，队长贝德要大家拿出日记，轮流朗读。随着一篇篇日记被朗读出来，大家仿佛看到了阳光下美好的一切——亮丽的雪原、成群嬉游的海豹、母子同行的北极熊，这些慢慢驱走了他们当下所处的黑暗、寒冷和孤寂，心中的沉闷、沮丧和不安也一扫而空。就这样，他们安然而愉快地度过了漫长的极夜，顺利返回，大家这才明白贝德为什么要他们写日记。

小说家雨果说："冬天在我头顶，但我心中有个永恒的春天。"如果你的想象力不像小说家那样丰富，随时可招来一个阳光遍地、生机勃勃的春天，那你最好在平时就为自己或朋友准备一个、几个，甚至几十个"具体的春天"，以备寒冬来袭时，能让你和朋友看见"具体的光明"，以此扫除心中的阴霾，重燃希望和斗志。

星光大道上的碎玻璃

当你跌倒时，要记得捡起一些东西。

——艾弗里（加拿大生物学家）

最近，台北市多了好几条"星光大道"。但闪闪发光的不是走在大道上的影视明星，而是掺在马路沥青混凝土里的玻璃砂。每次经过，就仿佛看到天上繁星坠落地面，动人地闪烁着，与街灯和车灯交相辉映，相当华丽。

碎玻璃原是让人头痛的废弃物，但有人却运用巧思为它们找到了新出路。以较大的碎玻璃取代石头，作为路面底层的填充料；经过处理的玻璃砂则掺在沥青混凝土中，用来铺在路面表层，兼具排水、止滑及增加照明的效果，既环保又美观，真可以说是化腐朽为神奇。

其实，只要多用点心，我们往往就能从废弃中发现价值，从破碎中看到美丽。伊朗德黑兰市的格列斯坦王宫是世界上有名的经典建筑，其中最让人赞叹的莫过于镶嵌宫——天花板和墙壁上都镶嵌着小小的玻璃片，从地面上看，简直就像一颗颗璀璨的钻石。但这并非建筑师原先的构想，他本来计划用大玻璃明镜来装饰天花板和墙壁，但玻璃明镜在运送过程中破碎了，承包商已准备将其丢弃，建筑师却忽然福至心灵，将它们留了下来，又将残破的镜子敲成更小的碎片，然后镶嵌到天花板和墙壁上，结果竟成了格列斯坦王宫里最让人赞叹的神来之笔。

玻璃易破，花瓶也易碎。丹麦物理学家尼尔斯·博尔则从破碎的花瓶里看到另一种美。有一天，他不小心打翻了书架上的花瓶，看着满地碎片，他心想这其中也许隐藏着什么规律，于是他充满兴致、小心翼翼地将它们捡起，并按大小分类，称出重量，结果发现不同重量的碎片间果然存在统一的倍数关系，于是提出了有名的"碎花瓶理论"。后人就利用这个理论来推估、恢复残缺不全的古文物或陨石，此理论为考古学和天体研究带来了意想不到的贡献。

台北市的星光大道、德黑兰的镶嵌宫还有博尔的"碎花瓶理论"，为我们提供了看待"破碎"的另一个观点：破碎往往来自意外，而意外里经常潜藏着机遇、美感和真理，等待人们去发现。但只有对意外充满好奇、兴趣甚至期待的人，才能看到这些机遇，发现其中的美感和真理。

人生总是有意外，就像玻璃或花瓶般易碎。如何捡起自己的人生碎片，拼出自己的星光大道、镶嵌宫和"碎花瓶理论"，将是上苍送给你的最意外的礼物。

"万事"不可"如意"

挑战让生活变得有趣，克服它们则让生活变得有意义。

——乔舒亚·J.马里恩（美国作家）

"祝你心想事成，万事如意，每次考试一百分！"也许你听过这样的祝福，甚至自己也希望能够如此。但你可能没有认真想过，若真的"心想事成，万事如意，每次考试一百分"，那会是什么情况？有一个人说，"心想事成，万事如意"的世界是地狱而非天堂，他就是德国哲学家叔本华。叔本华这样说的原因是什么呢？

心理学家摩根做过一个实验，他分别在两个小房间里装置了一个手杆，A房间里的手杆每次被拉动后，都会出现黑猩猩喜欢的食物，属"万事如意"型设备；B房间里的手杆被拉动后，却只偶尔出现食物，比如拉十次只有三四次会出现食物，属"间歇性如意"型设备。然后，摩根将两只黑猩猩分别放进两个房间里。两只黑猩猩很快发现了手杆的妙用，开始时都很有兴致地去拉手杆，得到想要的食物。但过了一段时间后，"万事如意"型房里的黑猩猩慢慢失去了兴致，拉手杆的次数越来越少；"间歇性如意"型房间里的黑猩猩反而维持了高昂的兴致，一直很有耐心地去拉手杆，虽然食物只是偶尔才出现。

这就叫作"间歇性强化"。获得报酬（食物）可以强化黑猩猩做某件事（拉手杆）的兴趣和动机，"间歇性强化"则是说频度少（只间歇出现）的报酬反而比百分之百的报酬更能强化它们继续做某件事的兴趣和动机。黑猩猩是人类的"近亲"，这种"间歇性强化"显然也适用于人类，它告诉我们，如果"万事如意"，你开始时也许会很高兴，但不久后就会变得意兴阑珊、无聊、空虚，厌烦与苦闷也将接踵而至，最后你甚至会失去生存的兴致、好奇和动机。这也是为什么叔本华会认为一个"心想事成，万事如意"——所有的欲望都能很快获得满足的世界，并非是天堂而是地狱的原因。

由此可知，对于"人生不如意事十之八九"这个现象，我们不仅不应该感到遗憾，甚至还要心存感激才对。正因为人生有这么多不如意的事，那些偶尔出现的如意之事才显得特别珍贵，让我们感到特别高兴，并对可能更美好的未来充满期待。

"心想事成，万事如意"只是个不切实际的空想，说说就好，不必当真。如果你想继续对人生怀抱梦想和热情，对生活充满兴致、好奇和冲劲，那么，"偶尔如意"或"间歇性考个一百分"才是你真正需要的。

上帝让他变成蝴蝶

毛毛虫以为它走到了世界尽头，上帝却让它变成蝴蝶。

——李察·巴哈（美国作家）

有人说"人生无常"。这句话通常让人想到的是"世上没有永远的快乐和成功"，我们因此觉得感伤，但其实，既然快乐和成功是无常的，那么痛苦和失败也是无常的，"世上也没有永远的痛苦和失败"，我们应该为此感到庆幸才对。

加拿大有一位卖肉的年轻屠夫叫哈罗德·拉塞尔，他在参加第二次世界大战时，不幸被炸弹炸掉了双手。遭此不幸，谁都会悲伤欲绝，但绝望和自怜并没有在他心中停留太久。他开始和医院里身体残缺的其他伤兵彼此幽默地解嘲，他还被取了个"双钩儿"的绰号，因为医生在他的前臂套上了两个钩子，在不断练习后，它们不仅能代替双手应付日常生活，他更将双钩耍得虎虎生威，成了一种让人惊叹的特技。

后来，好莱坞的星探相中他，邀他出演《黄金时代》一片中的男配角。因为演得太逼真感人，他获得第十九届奥斯卡金像奖的最佳男配角奖，还荣获"为退伍军人带来希望和勇气"的特别奖。哈罗德后来还上电台主持节目，很多报章杂志也都争相报道他的事迹。他经常愉快地逢人便说："如果不是我遭受那次不幸的意外，我就不会有机会出演那个角色。那次不幸的意外成了我一生中最有价值的事件。"

塞翁失马，焉知非福，哈罗德还经常提到他的一位难兄难弟，这个人原本是个杰出的运动员，却在战争中失去了双腿，运动生涯梦碎，他只得改行去学法律，后来竟成为一个卓越的律师，现在的事业比原先的运动员生涯发展得更好。这位朋友也承认，如果不是因意外导致残障，他是绝不会有后来的成就的。

人生经常是"山重水复疑无路，柳暗花明又一村"的，若在山穷水尽时，我们就唉声叹气地倒下来，那就太可惜了。要想使"疑无路"变成"又一村"，只有继续走下去，以乐观的心态和期待的心情继续走下去。所有的出口，都是另一个地方的入口；所有的灾祸，都是另一种福气的开端。你需要的不是没有不幸，而是对不幸的另一种看法。

人生的确无常，但是没有永远的痛苦和不幸。当痛苦和不幸来袭时，只要你能不被它们击败，重新站起来，那就会像小说家李察·巴哈所说的："毛毛虫以为它走到了世界尽头，上帝却让它变成蝴蝶。"

心灵天空的颜色

每个人都在制造自己的气候，决定他所住情绪宇宙天空的颜色。

——席恩（美国神学家）

哲学家马丁·海德格尔说："我们的生活有百分之九十受情绪控制。"而这所有的情绪反应中，绝大多数都来自自己的选择，而非身不由己的本能反应。

美国知名演说家皮尔博士，经常搭火车到各地演讲。他说有一次自己在火车的餐车里用餐时，对面刚好坐着一对夫妇，只听那位穿戴华贵的太太，大声而且旁若无人地不住地抱怨，嫌餐车肮脏漏风、服务人员服务太差、餐点令人倒胃口等，似乎什么都看不顺眼，一切都被她批评得体无完肤。

但坐在她旁边的丈夫看起来却相当和蔼可亲，一副随遇而安的模样，只是妻子那苛刻的批评、不停的抱怨，让他越来越局促不安，特别是对面还坐着一个陌生人。连皮尔都觉得那个妻子未免太过分了，大家快快乐乐地出门旅行，为什么要把气氛弄得那么糟呢？也许是为了改变气氛，那位丈夫转而主动和皮尔攀谈起来，问皮尔在哪里工作，然后自我介绍说他是一位律师。这时，他的妻子还是一脸愠色。皮尔意有所指地瞅了瞅那位衣着华贵的太太，律师耸耸肩，咧开嘴笑着说："她从事制造业。"这倒让皮尔有点惊讶，因为那位妇人怎么看都不像是从事制造行业的人。皮尔于是好奇地问："尊夫人制造什么东西？"

"不愉快，"律师笑说，"她为自己制造大量的不愉快。"

绝大多数的情绪都是我们自己"制造"的，虽然自然赋予我们表达各种情绪的"配置"，但要不要点火、生产、出货，全看你自己。所谓"情绪控管"正是这个意思，你要控制、管理自己的情绪，做自己情绪的主人。在所有的情绪控管中，最高的境界也许就是主动"选择"自己想要表达的情绪。

有一家五星级旅馆的经理，每天都精神抖擞、心情愉快，客人也都因此受到感染，跟着变得愉快开朗起来。有客人好奇问他为什么每天都能这么开朗？经理笑着回答说："我的秘诀很简单，每天早上醒来，我都告诉自己说我可以有两种选择，是选择好心情还是坏心情？而我总是选择好心情。我心情开朗，因为我选择让自己心情开朗。"

你的情绪决定你心灵天空的颜色和气候，而你要制造什么情绪，则来自你的选择。

你就是松下"幸之助"

我发现我工作越努力，运气就越好。

——杰斐逊（美国第三任总统）

日本著名实业家松下幸之助曾说："一个企业的成功，运气占很大的比例。"不只企业家如此认为，很多科学家和艺术家也说，他们的发现、创意和成就，除了先天禀赋、后天努力外，运气也是一大因素。如果你因此认为"这些幸运的成功者总算说出心里话了"，那也是合情合理的，但你是否也应该先想想：对运气，特别是对于自己的运气，你是怎么看、怎么想的呢？

个人运气的好坏，有很大成分都只是"想当然耳"。英国赫特福德大学的心理学家曾做过一个实验：先找来一百个人，其中有半数认为自己是好运者，另外半数认为自己是坏运者。让他们做一种投币游戏——边看电脑屏幕上急行而过的卡通形象，边投掷硬币，然后猜落下硬币的正反面。累计结果发现，绝大多数被测者猜对的概率其实都差不多（接近百分之五十），但有较多的好运者认为自己"手气不错"，而较多的坏运者却认为自己"手气很差"。

进一步面谈后心理学家还发现，自认为好运者较会记住生活中发生的好事，忘记不好的事；而自认为坏运者则喜欢回想不好的事，却习惯性忽视美好的事。这跟他们自己对上述实验的解释一样，显然是一种选择性的记忆和认知。

研究者的结论是：当一个人认为自己是个幸运儿时，他就会激发出一种乐观、积极的心态，鼓舞自己更努力、更机敏地去追求自己想要的东西，结果就会成为真正的幸运者；而自认是坏运者的人，对前景的看法通常趋于黯淡，做事意兴阑珊，遇到挫折很快就放弃，结果很可能就变成一个真正的不幸者。

人生运气的涵盖面相当广，也随时在变化，比丢一百万次硬币要复杂得多，没有人能对自己一生诸般遭遇的好运或坏运做统计，认为自己好运或坏运，大抵是个人的主观想法。虽然它只是一种虚幻的选择性认知，却会对你的人生产生实质性的影响。

我为什么成绩不好

事物的意义并非在事物本身，而在我们对它们的态度中。

——圣埃克苏佩里（法国小说家）

当学生的免不了要考试，考试免不了有人分数不理想，分数不理想是何原因？每个人都有他自己的解释，但也许你不知道，不同的原因会让你产生不同的情绪反应，继而影响后续发展。

心理学家威勒做过一项研究，询问某次考试成绩偏低的学生，问他们认为自己考差的原因何在。学生们所说的原因可分为"我笨""我不用功""我运气不好""考试题目太难"四大类。其中，"我笨"或"我不用功"属内在原因（问题出在自己），而"我运气不好"或"考试题目太难"属外在原因（原因不在我）。威勒进一步分析后发现，认为考差是来自内在原因（我笨、我不用功）的学生，自尊心较容易受打击，会有较大的羞耻感，心情也变得较为沮丧消沉。认为考差是来自外在原因（我运气不好、考试题目太难）的学生，则较能维持自尊，心情也较轻松愉快。

原因除了内在与外在，还可另分为稳定与不稳定两大类。前面的四种原因中，"我笨"与"考试题目太难"属稳定原因，它们较难以改变（下次考试时，我还是一样笨，题目还是一样难）；

"我不用功"与"我运气不好"则属不稳定原因，它们是可以改变的（我可以要求自己用功一点，运气也经常是有好有坏的）。威勒追踪这些学生随后数次考试的成绩，发现原本认为考差是因为"我笨"或"考试题目太难"这两个稳定原因者，他们的成绩大多没有什么进步，甚至成绩越来越差，很可能是这些学生缺乏成绩进步的希望和动机。反之，认为考差是因为"我不用功"或"我运气不好"这两个不稳定原因者，他们的成绩则有了可见的进步，这是因为他们对成绩进步抱有较大的希望和动机，认为只要自己努力一些、运气好一点，就可以考出好成绩，而事实果真就是如此。

威勒的实验告诉我们，对于自己为什么考试成绩很差（或其他失败），每个人都可以给自己一个原因，但这个原因通常只是个人的臆测或"想当然耳"。虽然只是自以为是的猜测，但是会产生不同而且实际的后果。所以，下次考试若考差了，到底是"我笨""我不用功"，还是"我运气不好""考试题目太难"，那就要看你怎么想了。

释放心中的囚犯

弱者无法宽恕别人，宽恕是强者的特质。

——甘地（印度著名民族领袖）

你是否曾经受过某些人的伤害，一想起他们对你的身心折磨，就会产生椎心泣血之痛。要宽恕他们，无异于要你和邪恶妥协，向错误低头，你怎么可能随便忘怀，轻易原谅他们呢？但你那难消的怨恨，其实咬啮的只是自己的身心，对方却可能一点感觉也没有。这样的怨恨就好比自己喝下毒药，却诅咒对方死去一样。

不能宽恕对方、忘怀过去，无异于在自己心中设了一座监牢，监禁那些永远受你诅咒，让你恨之入骨的人。将他们囚禁起来，不时抓出来"拷打"，似乎能大快人心。但这样一来，你就必须不断重新温习那些伤害，一再回想那些咬啮心灵的愤恨，而且成了必须随时保持警觉，察看犯人是否"逃脱"的"狱卒"，这会让你永远不得自在。那么，这是何苦呢？

南非的民族斗士曼德拉，因为带头反抗白人的种族隔离政策而入狱，被关在一个荒凉的小岛上二十七年之久，有时他会被带出囚室，解开脚镣，到采石场做苦工，因为他是要犯，所以专门看押他的狱卒就有三个。一九九一年，出狱后的曼德拉当选为南非总统，在总统就职典礼上，各国政要云集，曼德拉却说，最让他高兴的是当年看守他的那三名狱卒也能到场。然后曼德拉请他们站起来，将他们介绍给大家，并向他们致敬。

曼德拉说："感恩与宽容经常源自痛苦与磨难……当我走出囚室，穿过通往自由的监狱大门时，我已经清楚，自己若不能把悲痛与怨恨留在身后，那么我其实仍在狱中。"他博大的胸襟和宽容的精神，不仅让残酷虐待他二十七年的人汗颜，更让所有在场的嘉宾肃然起敬。

原谅对方，并不是向邪恶低头，或向对方示弱。就像"印度圣雄"甘地所说："弱者无法宽恕别人，宽恕是强者的特质。"所以，如果你还对某些人加诸你身上的伤害"念念不忘"，那劝你还是打开心中的监牢，释放所有的囚犯吧！你将发现，那个被关得最久、面容最憔悴的囚犯，其实就是你自己。

宽恕，将为你带来庄严的喜悦，因为你原谅那些伤害你的人，不仅给了他们自由，更是给了自己自由。

银行员与船夫

让你的脸面向阳光，你就不会看到阴影。

——海伦·凯勒（美国盲人作家）

人生有很多事情，假象总是比真相多，错误、危险的花样也总是比正确、安全的途径来得多。作为一个明智的人，我们要如何辨别真伪、避免错误、识别危险呢？

在很长一段时间里，假钞的盛行是让很多国家感到头痛的问题。英国银行家协会为了帮助银行职员识别假钞，每年都开办为期两周的培训班。但令人讶异的是，在这两周内，学员们连一张假钞也没摸过，大家看的摸的都是真钞，上课讲的也都是真钞的特点。

不少人对这种方法表示怀疑，但在后来的追踪调查中人们发现，这些学员们对假钞的辨识能力，比参加直接接触各种假钞的课程的学员要强得多。专家说这是因为银行职员在受训时所看、所摸的都是真钞，在反复接触后，他们的眼睛、手指熟悉了真钞的感觉，日后一旦遇到假钞，他们立刻就会感到不对劲，并直觉"这不是真钞"。所以，与其去认识花样繁多的假钞，不如正本清源，熟悉唯一正确的真钞。这让人想起一个船夫的故事。

某地有一条河，名叫"难水"，因为河中隐藏了无数的暗礁和漩涡，经常造成意外，夺走过不少人命。一个想到下游去的旅人来到码头，为了以防万一，他特别挑选了一个上了年纪，看起来经验老到的船夫。在河中，小船忽而向左，忽而向右，忽而靠中间而行。旅人一直注意着河面，看到一些乱流和暗礁的可疑踪影，他有点紧张，问船夫："老先生，您对这条河里的每一个暗礁和漩涡，应该都已经摸得一清二楚了吧？"

　　船夫说："我虽然开船开了快三十年，但老实告诉你，我到现在对河里的暗礁和漩涡还不十分清楚。"旅人感到诧异，不禁担心起来："什么！如果您不知道哪里有暗礁，哪里有漩涡，那您又怎么能避开它们，安全行船？"船夫看着河面，笑着说："我为什么要在那些暗礁和漩涡中摸索呢？我只要知道顺畅、安全的深水在哪里，不就够了吗？"

　　人生好比在河上行船。每一条河都有它的暗礁和漩涡，人生也有很多让人搁浅、沉沦的错误或危险途径。有人把眼光放在它们上面，认为只有认识这些"黑暗面"才能了解生命的真相。但了解了又如何？再多的了解也不过是为了避开它们！那为什么不直接去了解河中平稳、顺畅的深水区，去熟悉正确、安全的生命航道呢？就像以熟悉真钞来辨别假钞的银行职员，多多去亲近真诚的人与事，熟悉光明、善良的生活方式，这才是聪明而又轻松的做法。

孤独的好伴侣

> 最快乐的生活是忙碌的孤独。
>
> ——伏尔泰（法国哲学家）

很多人将孤独与寂寞混为一谈。其实，孤独是一种物理状态，指单独一个人；寂寞则是一种心理状态，指心灵无所归属、空虚、被弃的感觉。让人感到痛苦的是寂寞，而非孤独。有人在孤独时不仅不寂寞，还甘之如饴，因为他们为孤独找到了比"别人"更好的伴侣。

科学家爱因斯坦说自己是"一匹独羁的马，无法和其他马拴在一起工作"，他那石破天惊的相对论，就是无数个夜晚独自坐在书桌前的孤灯下阅读、思考、演算的结果。艺术家毕加索在画画时，也是将所有的人都锁在画室门外，因为他说："只有伟大的孤独，才能完成严肃的工作。"

几乎所有伟大的心灵都将阅读、思考和工作当作他们孤独时的好伴侣，这三者常互为表里，彼此相关。即使将发明发展成团队工作的爱迪生也认为"伟大的思想总是在孤独的时刻浮现"。这种孤独充实而忙碌，根本无暇让人感到寂寞。

美国作家梭罗在二十八岁时，因为听到自己生命的鼓声，而离开世俗的工作和人群，到瓦尔登湖畔盖了一间小木屋，过着遗世独立的生活。他在《瓦尔登湖》里说，他一点也不寂寞，因为他每天拜访自己，像哥伦布般在自己的心海中航行，去发现自己心灵中的新大陆。

人人都有一个最好的伴侣——自己，孤独正好可以在无人打扰的情况下，提供给我们与自己过甜蜜生活的机会，让一切听从自己心灵的需求，在和自己的倾听与交谈中，进一步认识你在这个尘世里最该认识的人——自己。

唐朝诗人王维在历经人世沧桑和宦海浮沉后，开始向往回归大自然的生活，他的五言绝句："独坐幽篁里，弹琴复长啸。深林人不知，明月来相照。"还有："兴来每独往，胜事空自知。行到水穷处，坐看云起时。"虽然都是独来独往，却给人一种安详、空灵、超脱的自然美感，让人心向往之。

自然不仅可以成为我们的好伴侣，更是我们的来地与归处。在孤独时走进大自然，可以洗涤我们的尘虑，像回到母亲的怀抱中，还于我赤子之心与本来面目。

但不管孤独多甜美，我们还是需要社会生活的。事实上，梭罗在瓦尔登湖畔的隐居也不过两年多而已，我们需要的不是永远孤独或逃避孤独，而是在孤独的时候为它找个好伴侣。

比上不足，比下有余

梅须逊雪三分白，雪却输梅一段香。

——卢梅坡（宋朝诗人）

我们每个人都不同，从长相、才智、家境到际遇，人人有别。不同就会产生比较，只是多数人在与他人做比较时，通常犯有三个毛病。

一是只在看得见的、可以量化的部分做比较，比如住的房子多大、多贵、多漂亮，但对看不见的、品质等问题，比如家庭生活是否美满、亲子关系是否亲密等，大家反而不太注意，或者不想提起。

二是只注意到别人所拥有或好过自己的地方，却忽略了自己所拥有或优于别人的东西，比如只注意到别人比自己有钱，却忽略自己比对方有才，结果变得对别人心生嫉妒、怨恨，对自己感到懊恼、不满，因而闷闷不乐。

三是在比较之后，开始去追求自己所没有的东西，也不问自己是否真的喜欢或是否能追求到那些东西。为了跟别人一样，结果反而失去了自己本来拥有的、更珍贵的东西，人生也因此迷失了方向。

有一句格言说："我一直为没有鞋子穿而抱怨，直到我看到一个没有脚的人。"看到别人有鞋子穿而自己却没有，我们难免会产生怨叹；但看到有人连脚都没了，我们则会因为自己有更好的境况而感到庆幸。所谓"比上不足，比下有余"，好坏或优劣其实都是相对的，有项心理学实验告诉我们，在面对自己的不幸时，如果你想让自己得到安慰、心情好一点，那你不妨和情况比自己糟的人做比较；如果你想改善自己的不幸，那你就要和情况比自己好的人做比较，但不是去嫉妒，而是借以激励自己上进。

主演过《屋顶上的轻骑兵》的法国影星奥利维耶·马丁内兹，早年练过拳击，他说："如果要我和演员做比较，那我是他们中最好的拳击手；如果要我和拳击手做比较，那我是他们中最好的演员。"每个人都有胜过他人的长处，但也有不如别人的短处，聪明人知道从什么角度去和别人做比较。

但不论如何，我们最好记住：生命的价值在于彼此互不相似，难以比较。就像宋朝卢梅坡的两句诗："梅须逊雪三分白，雪却输梅一段香。"每个人都有自己的优点，当你开始欣赏自己的独特之处时，你就不会再嫉妒别人，而且也能开始欣赏他们和你的不同之处。

辑六
黄石公园里的沉思者

让我们来玩游戏

人生是一场游戏，包含了自由、障碍与目的。

——佚名

据说以前有位高官去看篮球比赛，看到十个人在场内东奔西跑抢一个球，他皱着眉头，不解地问："发给每个人一个球，自个儿去投篮不就好了吗？为什么要那么辛苦地抢球？"你一定会觉得这位高官不仅无趣，而且不可理喻。篮球比赛好玩的地方就在于十个人抢一个球，在投篮的过程中会遇到各种阻挠，如果大家各拿一个球，各投各的篮，那还有谁想看？还有谁想玩？

我们从小就喜欢玩游戏，有人甚至说，玩游戏是人类的一种本能。但什么是"游戏"呢？不管是踢足球、打篮球，还是猜灯谜、下象棋、捉迷藏，它们都有一个共同点：把原本容易的事情变得困难，而且有一套必须遵守的规则，只有遵守规则、克服障碍，最先完成目标的人，才算胜利者。

比如捉迷藏，对方就是故意躲在隐蔽的地方，让你动脑筋、费体力去寻找；打棒球就是投手故意投些变化球，让你挥棒落空，而在你盗垒时，又前后夹杀，考验你的应变能力。"两人三足"游戏更是将两个人相邻的两只脚用绳子绑起来，然后让两个人在

"三只脚"的情况下朝前方的目标迈进，在前进时两个人必须彼此协调步伐，如果各行其是，则不仅步履蹒跚，而且很容易跌倒。

对这些游戏，很少有人会因为中途遇到困难、受到阻挠，就跺脚说他"不玩"了。因为大家都知道，游戏真正吸引人的地方就在于它们的困难和阻挠，而游戏所带给我们的满足和愉快，主要也是来自对这些困难和阻挠的克服。即使对自己的表现不是很满意，但大多数人在游戏结束时，都会有"意犹未尽"的感觉，而希望能继续玩。

俗语说："人生如戏，戏如人生。"照一般的说法，这里面的"戏"指的应该是"戏剧"，但如果把它视为"游戏"，那可能会更有意思。我们在学习或工作过程中会遭遇各种困难、阻挠，大多数人会因此抱怨连连，对它们感到十分厌烦。其实，只要换个想法，"人生如游戏，游戏如人生"，把学习或工作当作游戏，将演算数学或背诵课文时所遭遇的困难当作是为了增加游戏趣味性而安排的挑战，那么学习和工作就会像"捉迷藏"或"两人三足"游戏般迷人了。

黄石公园里的沉思者

逆境让一些人崩溃，也让另一些人打破纪录。

——瓦德（美国作家）

想求发展，必须先求生存，特别是在艰难的环境中。连活命都成问题，哪有发展可言？求生的能力往往是衡量一个人发展潜能的先行指标。

有一个人，住在美国时，夏天都会带家人去黄石公园游玩。他的女儿最喜欢喂公园里的鸽子，但有一年，当他们旧地重游时，他却忽然看见禁止喂鸽子的告示牌。他觉得奇怪，问管理员为什么不能喂食？管理员告诉他，前一年冬天下了一场大雪之后，公园里的鸽子全都死了。因为那些鸽子平时习惯了人类的喂食，失去了自己觅食的能力，结果寒冬时没人喂食，鸽子就全数遭殃，尽皆死去了。

他听后，站在那里怅然良久，心有戚戚焉。后来，他经常向别人提起这个故事，告诫大家不能养尊处优，一定要磨炼自行觅食求生的能力。

他，就是郭台铭，鸿海精密集团、富士康科技集团的董事长。

郭台铭小时候的家境并不好，在二十四岁时，他以母亲标会①的十万元新台币成立"鸿海塑料企业有限公司"，从制造黑白电视机的旋钮起家，最后成为全球第一大代工厂商的首脑，且多次名列台湾地区首富。他的成功，主要就是来自他高人一等的"自行觅食求生"的能力。

在创业初期，郭台铭每天早上六点就出门，经常到午夜才回家。为了争取跟客户见上一面，他可以在门外淋着雨站四个小时。在涉足个人电脑产业后，他虽然不太懂英语和日语，但还是亲自去开拓美日市场，寻找客户。他搭最经济的飞机、住最便宜的旅馆、吃最廉价的汉堡，美国五十个州他自己就亲自跑了三十二个。

郭台铭很自豪的一点是："我不能说我将来一定多成功，但是我可以保证，我一定会像蟑螂一样，在任何恶劣的环境之下，我都绝对可以生存。"他自比为"打不死的蟑螂"，因为蟑螂具有坚韧的生命力，不管环境多恶劣，它都能自行觅食求生。生存永远是第一要务，只有继续活着，才能谈到接下来要怎么发展。

自行觅食，代表的其实是一种积极、主动、进取的精神，不仅是生存所必须，更是发展所必须。你的觅食能力，还有觅食的范围，决定了你人生的格局。

①标会：一种民间自发的融资行为。

师父的两条线

只有当你愿意跨过边际时，你才能成为赢家。

——鲁尼恩（美国作家）

不管是考试还是参加比赛，只要是竞争，就会有高下输赢之分。虽然说"胜败乃兵家常事"，我们不必太在意输赢，但既然上了"战场"，也不必矫情到顾虑再三，不求赢反求输。能赢当然还是要赢，只是怎么赢，方法可大不一样。

某南方城市出了一位少年围棋手，年纪轻轻就打败了附近几个城镇的不少成年好手。大家都说英雄出少年，他在围棋界大放异彩，指日可待。不久前，他到北方城市参加围棋比赛，对手和他的年纪差不多，但他却连输了三局，而且输得都很惨，这使他受到了很大的打击。

回到南方后，他很不甘心。凭着过人的记忆力，他在棋盘上重现对方与他的棋步，想找出对方的破绽，希望将来能一雪前耻。但反复推敲良久，他却看不出对方有什么破绽。难道自己真的是技不如人吗？不！对方也不过是个少年棋手，一定有破绽，只是自己无法发现而已。于是，他去请教教他围棋的师父。

在将比赛过程又排演了一遍后，他说："请师父为我指点迷津，对方的破绽到底在哪里？"师父看了后，并不回答，而用笔在地上画了一条直线，说："这里有一条线，你要如何不动它，而使它变短？"

少年围棋手不知道这和他的问题有何关系，苦思良久，仍毫无头绪。最后只好说："请师父明示。"师父于是拿起笔来，在原先那条线旁边又画了一条更长的直线，说："你看，和新的这条线相比较，它不是变短了吗？"

然后，师父望着棋盘，说："对方当然有破绽，但我不想告诉你。找出对方的破绽，削弱他的实力，就好像将地上的线截头去尾，让它变短一般，但这不是你应该着力的地方。你需要的是增强自己的实力，使自己的那条线变长。"

赢的策略有两种：一是让对手变弱，二是使自己变强。很多人都把重点放在让对手变弱上面，为了削弱对方的实力，拼命找对方的弱点或破绽，无情地穷追猛打；有的人还会不择手段，设下圈套，让对方中计；甚至还有人制造谣言，中伤对手。但这些都不是制胜的正道。

要赢得漂亮，赢得让人口服心服，重点在如何使自己变强，也就是在平日下功夫，积累自己的实力。只要你自己变得更强了，那相较之下，对方当然就变弱了。这才是与人竞争时的正道。

大西洋上的自我鼓舞

他们能，因为他们相信他们能。

——维吉尔（罗马诗人）

人生有梦最美，美梦若能成真则更好。关于美梦成真或心想事成，某些励志专家说，只要你每天早上对着镜子中的自己说："我一定会成功！"那你就会成功。有人认真奉行，有人却嗤之以鼻，其实这都是把问题过度简单化的反应。光靠"心想"，当然不可能会"事成"，但如果你连想要"事成"的"心"都没有，那更难事成。"心想"的作用主要在于"自我鼓舞"，鼓舞自己去做让"事成"的必要工作。

一九八二年，美国船舶工程师史蒂芬·卡拉汉独自驾驶帆船横渡大西洋，帆船不幸在中途触礁沉没，虽然他靠着救生筏逃生，但离一般船只的航线越来越远，而赖以维生的物品则少之又少，他获救的机会可说极度渺茫。在汪洋中漂流了七十六天后，被三名渔夫发现时，他虽然已瘦得不成人形，但是还活着，也因此创下了个人救生筏漂流时间最长的存活纪录。

事后，卡拉汉将他这次难得的经历写成《漂流：我一个人海上的 76 天》一书，畅销一时。在书中，最让人眼睛发亮的并不是他如何捕鱼、如何将海水变成淡水那些绝活，而是他如何维系自己的求生意志和信念。

每个人都有求生的本能，但当救生筏破了个洞，花了一个星期的时间去固定，但救生筏还一直在漏气时；当过了三十天、四十天、五十天，都没见到半个人影，而自己却越来越饥饿、越来越脱水时。我想，面对这些艰难境况，绝大多数人可能都会因此而陷入绝望，不是放弃就是发疯，卡拉汉究竟是凭借什么在一片渺茫中支撑下去的呢？他靠的是"自言自语"。

"我一再告诉自己，我可以掌握一切。"卡拉汉在《漂流：我一个人海上的 76 天》里说，"和其他人比较，我其实算是幸运的。我一遍又一遍地对自己说，我一定做得到，一定可以绝处逢生。我靠它来建立不屈不挠的意志。"这有点像是自我暗示或自我催眠，而这种"自言自语"正具有我们所忽略的神奇魔力。

当然，卡拉汉不是躺在救生筏上"自言自语"就"心想事成"了，而是借此来"自我鼓舞"，激发自己的求生意志和信念，勉力去捕鱼、将海水变成淡水，尽一切可能维系自己的生命，直到获救。在"心想"和"事成"之间，有一大堆工作要做，而"自我鼓舞"是让你一步一步接近"事成"的过程中最可靠的动力。

表情呆滞的硬汉

风筝在逆风而非顺风时飞得最高。

——丘吉尔（英国前首相）

有人说，上帝给我们梦想，却又无情地摧毁我们的梦想。也有人说，现实会摧毁梦想，但梦想也可以摧毁现实。

有一个人，因出生时妇产科医生使用产钳不当，导致他后来左脸部分肌肉麻痹，眼睑下垂，发声控制不良。情况虽然不是很严重，但他偏偏渴望当电影明星。他在大学里念戏剧表演系，老师看到他这副形象，都劝他早点去吃别行的饭，直到最后他也没能毕业。后来他到纽约闯天下，走遍各家电影公司，想得到一个演出的机会，但总是在试镜时就被刷下来——因为他表情呆滞，而且咬字不清。

得不到演出机会，他转而尝试写剧本。每看完一部电视剧，他就吸收其精华，写出一部同类型的，如此不断练习，自行摸索出创作剧本的本事。为了专心创作，他还将住处的窗户全部涂黑。后来，他到好莱坞碰运气，住在一家破败的汽车旅馆里，无意中看到拳王阿里与一位名不见经传的拳击手的比赛电视直播，他从中得到灵感，花了三天时间写了一个剧本：一位无名的失意拳击手意外被拳王钦点为挑战赛的对手，他重燃斗志，在友情与爱情的鼓舞下，一战成名，成为万众焦点。

他拿着剧本四处兜售，虽然有不少制作人感兴趣，但一听到必须由他当男主角的条件，就纷纷打了退堂鼓。但他不死心，也不愿让步，最后总算得到某家公司的支持，以极低的成本在一个月内就将影片拍摄完成。结果影片一推出，立刻引起了轰动。这部电影就是《洛奇》，获得了一九七六年奥斯卡最佳影片奖。他就是西尔维斯特·史泰龙，《洛奇》让他一炮而红，随后的《第一滴血》《超级战警》等，更让他一步步地成为万众瞩目的国际天王巨星。

很多人以为，像西尔维斯特·史泰龙或阿诺德·施瓦辛格这种动作片演员，靠的是肌肉而非演技，但史泰龙表情呆板并非缺乏演技，而是来自命运对他的作弄。从某个角度来看，《洛奇》里的洛奇，还有《第一滴血》里的兰博，恰似史泰龙个人的写照——他就是好莱坞乃至世界影坛里的洛奇和兰博，因为这个脸部表情呆滞、说话含混不清的人踏入电影圈，从事的是一场不信邪的战争，扮演的是一个打不死的英雄。

史泰龙提醒我们，虽然大部分的梦想都被无情的现实所摧毁，但无情的现实最后也会被打不死的梦想所摧毁。

伟大的"笨蛋"

在上帝面前，我们都同样聪明，也同样愚蠢。

——爱因斯坦（诺贝尔物理学奖得主）

在学校里，考试成绩一向很差或学业名次老是垫底的学生，他们的学习表现总是难以让人满意，这原本就已经让他们很沮丧了，如果他们又因此被同学公开讥笑或被老师私下里认为是"笨蛋"，那更是让人难堪。

有一位少年，在英国有名的伊顿公学求学时，虽然对生物学很有兴趣，曾养了数千只毛毛虫，想要让它们变成蛾，但他的生物老师对此不以为意，因为他的生物考试成绩差得离谱，竟是全年级二百五十位学生中的最后一名。他其他科目的成绩也好不到哪里去，所以被同学讥笑为"笨蛋"，而生物老师更是针对他的表现写了一份让人神伤的报告："我相信他想成为科学家，但以他目前的学业表现，这个想法很荒谬，他连简单的生物知识都学不会，根本不可能成为专家，对于他个人和想教导他的人来说，完全是在浪费时间。"

这个在中学时期被视为毫无希望的"笨蛋"，名叫约翰·格登，也许是因为受到上述老师评语的影响，他大学时期读的是文学院，专攻英国古典文学，但后来因为实在无法割舍对生物学的喜爱，他才又转到动物学系。在获得牛津大学博士学位后，他走了自己喜欢的学术研究路线，后来以在细胞核移植与生物复制方面的先驱性研究而知名。正是因为他的突破性贡献，才有了后来"克隆羊多莉"的出现，他也因此获得了二○一二年的诺贝尔生理学或医学奖。

类似的"笨蛋"还不少，比如另外一个英国少年，他在要进入哈罗公学时的一场整整两个小时的拉丁文考试中，只写了一个字和一个括号，但因为他是贵族子弟，学校还是勉强同意让他入学。入学后，他的成绩也老是垫底，后来实在是读不下去了，只好转到被同学戏称为"笨蛋乐园"的军事先修班。因为喜欢体育和军事训练，所以他在这里如鱼得水，但一碰到考试，他还是会一个头两个大，后来在报考桑赫斯特皇家军事学院时，他也是接连考了三次才勉强过关。他就是后来成为英国首相、领导英国赢得第二次世界大战、被很多人认为"有史以来最伟大的英国人"的温斯顿·丘吉尔。

也许格登和丘吉尔都属于大器晚成型的英雄人物，但他们的经验也告诉我们，小时候笨并不表示会一直笨下去，而别人说你笨更不代表你就真的笨。更重要的是，不要动不动就说别人是"笨蛋"。

只和自己比赛

对聪明人来说，唯一有价值的竞争是和自己竞争。

——安娜·詹姆森（英国女作家）

在这个竞争激烈的时代里，很多人都有一种矛盾心理：有时候会渴望和人竞争，好证明自己的能力；有时候又不希望与人竞争，想退一步海阔天空。对于竞争，到底抱有什么样的态度比较好呢？理想的竞争之道应该是"目中无人"，但这并不是要你妄自尊大，不将对手放在眼里，而是要你在和人竞争时，没有感觉到对手的"存在"。

战国时期，有一个叫王良的人，是一位驾驶马车的好手，赵国的赵襄子特地跟他学习。学了一段时间后，赵襄子就邀王良与自己比赛，但他连换了三匹马，三次都输给了王良。赵襄子抱怨王良自己留了一手，才让他落败。但王良说："我已经倾囊相授了，只是你运用不当罢了！驾驶马车的要诀是马的身体要适合车辆，人的心思要配合马的行动，这样才能够跑得快、跑得远。我们比赛时，你一落后，就一心想赶上我；一领先，又唯恐被我追上。不管领先或落后，你的整个心思都放在我身上，怎么还有余力去调节、配合马的行动呢？这就是你输掉的真正原因。"

王良的这番话不仅是针对古代的赛车，更适用于现代的各种比赛和所有的竞争。我们不必排斥竞争，甚至应该欢迎竞争。研究显示，一个人在与他人竞争时，会加速动员自身的神经能量，让自己发挥出更多的潜能，从而表现出比平时更好的成绩，这叫作"社会激励作用"。但如果你将心思放在对手身上，去密切注意对方的一举一动，并因此而焦虑苦恼，那就会产生"社会干扰作用"，不仅会耗损自身的神经能量，而且会让自己无法专心，自乱阵脚，结果反而表现得比平时更差。

赢得二〇〇四年悉尼奥运会女子单人三米板跳水冠军的郭晶晶，二〇〇八年北京奥运会上在强敌环视的情况下卫冕。记者问她在北京比赛是否感觉压力特别大，郭晶晶说："我没感受到太大压力。在哪里比赛对我而言没什么不同，我只需要和我自己比赛。"

这种"只和自己比赛"的意识就是"目中无人"。真正的"目中无人"是不管在哪里比赛，不管竞争的对手有几个、看热闹的观众有多少，在你心灵的视野中，永远只有你一个人在场，你在那里专心而愉快地表现自己，忘记了别人，也忘记了输赢。这也是一个自信而自在的竞争者应有的态度：自信，是相信自己；自在，就是只看到自己的存在。

以勤补拙，屡败屡战

天下之至拙，能胜天下之至巧。

——曾国藩（晚清名臣）

曾国藩是晚清的中兴名臣，他所创建的湘军平定了太平天国之乱，他生前更写过不少好文章，是个能文能武的人中英杰。但他的人生并非一帆风顺，进士考了三次才考上，而且还是吊车尾。他的天资并不高，甚至可以说有点钝拙。

有个关于他的故事。在某个冬天，父亲规定曾国藩当天要背完《岳阳楼记》，入夜后，他还在灯下反复诵读，当晚家里来了一个贼，潜伏在屋檐下，想等年轻的读书人睡觉后，再入内偷东西。他看曾国藩在屋内摇头晃脑，一遍又一遍地诵读，就是背不好。左等右等，过了一个多时辰，小偷等得不耐烦了，干脆推门而入，怒声说："你这么笨还读什么书？我光听你读，就已经能背下来了！"然后一字不差地把《岳阳楼记》背诵了一遍，悻悻然扬长而去。

曾国藩自己坦诚："余性鲁钝，他人目下二三行，余或疾读不能终一行。他人顷刻立办者，余或沉吟数时不能了。"所以，上面那个故事显然不是空穴来风，但曾国藩并没有因为自己的鲁钝而气馁怨叹，他以"勤能补拙"来勉励自己。他说："吾辈读书人，大约失之笨拙，即当自安于拙，而以勤补之，以慎出之，不可弄巧卖智，而所误更甚。"

一个人在资质方面虽然只是"中材以下"，但只要"习勤不辍"，别人出十分力，自己出千分力，则不仅同样能有所成就，甚至更胜于那些自诩聪慧者，也就是"天下之至拙，能胜天下之至巧"。曾国藩就是一个最好的例子。

曾国藩在率领湘军去讨伐太平天国时，刚开始可说是打一仗就败一仗，特别是在鄱阳湖口一役中，几乎全军覆没，还差点赔上自己的老命。他在上书给咸丰皇帝以示自责兼求增兵时，其中有一句话说"臣屡战屡败……"，他的师爷看了，觉得不妥，将它改为"臣屡败屡战……"。另有人说前一句是师爷写的，后一句才是曾国藩改的，但不管如何，这两句话的意思和气势完全不同，"屡战屡败"给人灰心失望、意志消沉的悲观之感，而"屡败屡战"则表示自己不屈不挠、越挫越勇的坚定意志。

在人生的道路上，即使自己先天条件不是很好，但如果能像曾国藩这样以勤补拙、屡败屡战，那也能像他那样为自己挣得一片天。

害羞的雄辩家

我们不改变，就无法成长；我们无法成长，就不算真正活着。

——希海（美国女作家）

获得过诺贝尔文学奖的爱尔兰剧作家萧伯纳，不仅文章写得好，而且能言善道。在滔滔雄辩中，他总以犀利而又幽默的言辞，让对手折服、听众叫好。但萧伯纳并非天生就伶牙俐齿、外向好辩，事实上，在青年时期，萧伯纳是个内向害羞、怯于在人前说话的胆小鬼。

年轻时，萧伯纳有一次想到伦敦泰晤士河边去拜访一位朋友，但他不敢直接去敲门，而在河边徘徊了二十分钟之久，还不时想打退堂鼓，觉得干脆回家算了。就在焦虑、彷徨中，他忽然产生了一个念头："如果我想在这一生中有任何成就的话，我就不能再这么懦弱下去。"于是他不再逃避，上前去敲朋友的家门。结果，朋友高兴地欢迎他，他意识到自己的顾虑和害羞其实都是多余的。

从那次经验后，他下定决心改变自己。要克服内向与胆小最直接、最有效的方法，莫过于在众人面前演讲，于是他决定去参加辩论团体。拥有几次临场经验后，他在众人面前说话就不再像从前那样忸怩不安，变得沉着大方了很多。慢慢地，他可以在众人面前长篇大论，而且得到了大家的掌声和喝彩。但这毕竟是小型的社团活动，为了吸取经验和磨炼自我，他开始参加大型的演讲会和讨论会，而且要求自己一定要在一大群陌生观众的注视下发言，向主讲者提出问题、参与讨论。

萧伯纳就这样一点一滴改变了自己内向害羞的个性，终于获得大成就，成为能勇敢说出自己看法的雄辩家和剧作家。每个人都希望改变，但只有切实的行动能带来真正的改变。

另有一个故事。美国最高统帅威廉·威斯特摩兰将军在检阅伞兵营队时，曾一一询问他们为何加入及入伍后的体验感受。第一位伞兵毫不犹豫地说："我爱跳伞！"第二位伞兵亢奋而又热情地说："跳伞是我生命中最重要的经验！"威斯特摩兰将军听了频频点头，觉得弟兄们的士气很高昂。但到了第三位伞兵，他的答案竟是："我不爱跳伞！"此话一出，气氛顿时变得很紧张，威斯特摩兰将军不解地问："那你为什么选择当伞兵呢？"这名伞兵面不改色地说："我希望和这些热爱跳伞的人在一起，让他们改变我！"

改变，不只需要行动，而且需要选择，选择和你想学习的对象在一起，和他们一起行动，这样效果才会更好。

断桥与戒指

前事不忘，后事之师。

——《战国策》

在南非开普敦市区，有一座高架断桥，钢筋裸露在外，树立在繁忙而华美的街道上，显得相当突兀，但也在默默诉说一个发人深省的故事。

多年前，当这座桥建到一半时，忽然倒塌，三名建筑工人当场死亡，建设局局长也因这场灾难被判了三年有期徒刑。但当市政府准备拆桥、清除废弃物时，在狱中的建设局局长却写信给市长，恳求留下这座断桥。但大多数市民认为它不仅丑陋，更代表了耻辱，留下来只会徒增困扰。就在准备拆桥的前一天晚上，电台播出了三名罹难的建筑工人家属致全体市民的一封信："……断桥是刻在每个市民心头的耻辱，对于我们来说还要再加上一分痛苦。早一点让它消失，也许会平息我们的伤痛。但是，流血的伤口会永远留下疤痕，不承认有伤疤的城市是虚弱的。我们这座城市需要的不仅是美丽，更需要一种勇敢的品质。不要让耻辱轻易地离开，即使耻辱里包含着痛苦。就让断桥时刻警示我们吧，这样我们将来才能做得更好。"

所以，这座断桥就被保留了下来。错误和耻辱让人痛苦，但掩饰与忘怀于事无补，我们只有勇敢面对、吸取教训，才能让痛苦产生意义。

加拿大在兴建跨越圣劳伦斯河的魁北克大桥时，曾先后两次发生坍塌意外，总共造成八十六名工人死亡，但政府并没有因此而放弃或保留断桥，最后还是建成了全世界最长的悬臂桥。大桥建成后，加拿大的七大工程学院将建桥过程中的钢铁残骸全部买了下来，打造成无数枚戒指。此后，加拿大所有大学的工程学系的学生，都会收到这样的一枚戒指作为他们的毕业礼物，用意是希望他们在进入职场后能佩戴它，时时提醒自己，他们的前辈在这方面曾经有过的失误与耻辱，而提高警惕。

这的确是一份很特殊的毕业礼物，同时也是一份最有意义的毕业礼物。在迈入人生的不同阶段时，将过去的一切抛诸脑后，"从前总总比如昨日死，以后总总宛如今日生"。用全新而洁白的自我迎接未来，固然不错，但所谓"前事不忘，后事之师"，记取过去的教训和耻辱虽然令人不太愉快，但比轻松的遗忘能让人学到更多的东西。而且"知耻近乎勇"，能知道耻辱而改正错误，其实是勇敢的行为；千方百计掩饰过错，才是真正可羞可耻的事。至于如何记取教训，是用南非的方法还是加拿大的做法，那就要看你自己了。

因为我爸爸……

> 好日子和坏日子的唯一差别是你的态度。
>
> ——莱斯·布朗（美国演说家）

哲学家尼采曾说："人需要的不是真相，而是解释。"解释就是想了解"为什么"？为事情找原因。事情的真相不易了解、难以把握，对同样一件事或类似的经历，每个人都可以有不同的解释和感受。

知名的意义治疗学家维克多·弗兰克尔很喜欢爬山，有一次他邀一位教授去爬山，想不到那位教授一听到"爬山"，脸上立刻露出痛苦的神色，随即不好意思地解释说自己这番反应是受到童年经历的影响。因为童年时，他的父亲老是拉着他去爬山，而使他对爬山心生怨恨，觉得那是他童年时期最不幸的经历。弗兰克尔听了，笑着告诉那位教授，他小时候父亲也老是拉着他去爬山，结果却使他喜欢上了爬山，和父亲去爬山是他童年时最幸福的经历。他现在之所以喜欢爬山，也是受到童年经历的影响。

对同样的经历，每个人都可以做出不同的解释，别人认为很幸福的，你也可以将它解释为不幸。解释显然比真相重要，因为它会影响我们的感受和接下来的行动。下面这个故事就是影响更深远的例子。

有一位男士嗜酒如命，游手好闲，喝得醉醺醺时，就开始发酒疯，对两个儿子拳打脚踢，对此家人只能忍气吞声。后来他因为酒醉杀人，被判处终身监禁。两个儿子长大后，一个像父亲般游手好闲，嗜酒如命，靠偷窃和勒索为生，后来也因犯罪而入狱。另一个儿子却滴酒不沾，努力上进，不仅有美满的婚姻和家庭，还担任一家大企业的总经理。因为两兄弟的表现相差太多，所以有记者好奇地去采访他们，分别询问造成他们现状的原因，结果两人的答案竟然相同："都是因为我爸爸。有那样的爸爸，我还能有什么办法？"

"因为有那样的爸爸"，一个儿子就自暴自弃，结果步了父亲的后尘；另一个儿子却记取教训，决心不能再像他父亲那样沉沦。同样不幸的遭遇，对不幸也有同样的解释，但不同的人可以产生不同的反应，采取不同的行动，结果就有了天壤之别。

所以，在面对一种特殊的遭遇时，你的反应与行动又比解释更重要。不管解释是真是假，你都必须采取改变它的行动。不要再抱怨"因为"这个或那个，而使你落此下场，要怪只怪你没有对那些"因为"采取有效的行动。

泡出人生好茶

要激发出人身上最好的东西，没有比挑战更好的方式。

——肖恩·康纳利（英国演员）

没有人的人生是一帆风顺的，总是有各种挑战、逆境、挫折在前方等着我们。如果你千方百计想要避开它们，那你可能就会错过很多人生的好滋味。

有个年轻人去拜访一位高僧，想寻求解脱之道，因为他一再受到打击与挫折，觉得老天爷处处刁难他，他不知道自己为什么要受到这种折磨。高僧听了，并不答话，先要小沙弥用一个水瓶里的水泡一杯茶给他解渴。年轻人喝了一口，纳闷地问："这是什么茶？怎么没有滋味？"高僧说："奇怪，这是上等的乌龙茶啊！"说完又叫小沙弥用另一个水瓶里的水再泡一杯茶。这次年轻人刚喝了一口，齿颊之间立刻感觉到一股香醇甘美的滋味。他若有所悟地说："这一杯茶很有滋味，是用热水泡的，而前一杯茶没有滋味，是用温水泡的。"

高僧于是开示他说："人生就像在泡茶，你的潜能好比茶叶，而水就是来自人生中的各种挑战。挑战如果不强，便像是用温水泡茶，茶叶冲不开，就无法释放它蕴含的幽香与甘美。只有够强的挑战，才像是滚烫沸水的冲刷，让茶叶在其中翻滚浮沉，完全释放出它所蕴含的幽香与甘美。"年轻人听了，心中阴霾一扫而空，又激起了再度去接受考验的雄心。

有一个人原是福特汽车公司的推销员，因为表现不错而成了一个小地区的经理。一段时间后，在和其他经销点比较时，他的销售量却老是最后一名，这给了他很大的压力。他一直苦思让自己摆脱困境、业绩突飞猛进的推销方法，最后他想到了一个绝妙的点子：顾客只要先付百分之二十的车价，就可立刻拥有该公司一九五六年型的新车，剩余车款则只需每月付五十六美元，分三年付清。他将这项前所未有的促销活动称为"五十六美元买五六型福特车"，活动一经推出就广受欢迎，短短三个月内，他的销售量就从最后一名跃居榜首。

上司将他这一套新颖又吸引人的推销方法扩大为全国性的销售策略，原本滞销的五六型车摇身一变成为畅销车，而他也晋升为特区经理，后又由分部总经理进而成为公司总经理兼副总裁。后来，在被迫离开福特汽车公司后，他又接受了另一轮挑战，最后东山再起，成为克莱斯勒汽车公司的总裁，也让这家公司起死回生。他就是《反败为胜》一书的作者李·艾柯卡。

温水泡不出好茶，平稳的海洋也造就不出能干的水手。古罗马悲剧作家塞涅卡说："烈火考验黄金，逆境考验强者。"如果你想成为强者，那你就应该欢迎挑战、不怕挫折，乐于接受逆境的考验，因为它们能激发出你的潜能。

辑七

爱，使你不再沉重

爱，使你不再沉重

有一个字能使我们免除生命所有的重担和痛苦，那个字就是爱。

——索福克勒斯（希腊悲剧作家）

学生抱怨功课的担子太重，家长抱怨家庭的担子太重，员工抱怨工作的担子太重，每个人都想减轻自己的负担。但有些担子是无法卸下的，你只能用一种方法、一个字来减轻身负重担的感觉，就像古希腊悲剧作家索福克勒斯所说："有一个字能使我们免除生命所有的重担和痛苦，那个字就是'爱'。"

有一位香客背着装满祭品的包袱徒步上山，想到山巅上的一座庙宇去祭拜。山路崎岖难行，他走到半途，就已经气喘如牛，举步维艰，只好在路边的凉亭中稍作休息。休息半晌，当他再度背起包袱上路时，他看到一个十二三岁的少女，背着一个胖嘟嘟的小孩从山下走了下来，少女虽然脸有点红、气有点喘，却毫无疲累的感觉。当少女和他擦身而过时，他和少女打了个招呼，关心地问："小姑娘，你不会累吗？需不需要休息？我看你背上背着一个人，一定很重！"少女看看他和他背上的包袱，笑着说："你背的包袱才是重量，我背的不是重量，他是我弟弟！"

因为少女的心中对弟弟有爱。爱，让弟弟变得"没有重量"，不再是个负担。如果你觉得某个人、某件事是你的重担，压得你喘不过气来，那是因为你对他们没有足够的爱。如果你觉得数学和语文是你的重担，让你苦不堪言，那便是因为你对数学和语文还没有足够的爱。

有一位母亲要她十岁的儿子帮忙整理阳台上的盆栽，儿子讨价还价，说要两元钱作为酬劳。后来，母亲要他帮忙打扫庭院，儿子又说要五元钱作为酬劳。到了晚上，儿子觉得母亲好像忘了，于是在她的梳妆台上留了一张字条："妈咪，今天我帮你整理盆栽——两元钱，打扫庭院——五元钱。"隔天早上，儿子醒来，发现自己的书桌上摆着七元钱和一张字条，字条上写着："儿子，十年来妈妈帮你煮饭——免费，帮你洗澡、洗衣服——免费，帮你买玩具——免费，帮你……"儿子看着看着，不禁羞红了脸。

母亲因为对儿子充满了爱，所以替儿子做任何事都没有索取酬劳，对一切都不计较。如果你认为某个人、某件事让你觉得自己的所作所为得不偿失、毫无价值，而想着必须用金钱或利益来衡量，那是因为你对他们／它们没有足够的爱。正如，如果你认为读书是为了考试得一百分，做功课是为了拿到"优"，那表示你对读书和做功课还没有足够的爱。

只有心中充满爱，才能使你不再有负担，也不再斤斤计较。

日记中的感谢

生活在感恩之中，会有一种安宁，一种恬静的喜悦。

——布伦（美国作家）

很多人有写日记的习惯，不只记录生活中的点点滴滴，还包括对遇到的各种人与事的看法、对未来的憧憬、自我表白与自我反省等。日记不只是一个人生命旅程中最佳的见证人与交谈者，它还会反过来影响我们的人生。

加利福尼亚大学的心理学家艾蒙斯做过一个有趣的研究：将数百人分为三组，要他们每天写日记。第一组记录每天发生的事，第二组写下每天不愉快的经历，第三组则列出他们当天要感谢的人和事。经过数月后，他发现每天心存感激的人比另两组人有更高的快乐和幸福指数，他们变得较乐观、热情、灵敏、果断和有活力，较不会紧张和沮丧，也较乐于帮助他人，有较规律的运动，在实现个人目标方面也有较大的进展。

学者陈之藩在《谢天》一文里说，他初抵美国，到朋友家中做客，看美国人在饭前低头"感谢上天的赐予"，觉得很不习惯。童年时，祖母也经常在饭前摸着他的头提醒他，那是"老天爷赏我们家饱饭吃"，要他懂得珍惜。但年少气盛的他认为饭是长辈们自己辛苦挣来的，感谢缥缈的老天爷"既多余，又迷信"。后来，他在社会上奔波多年，长了些见识，有了新的领悟："无论什么事，得之于人者太多，出之于己者太少。因为需要感谢的人太多了，索性就感谢天吧。"

要自觉渺小，欠人太多，而对众人及上苍怀着真诚的感恩之心，确实需要相当的人生阅历。认真说来，我们要感谢的人实在太多，不仅有父母、师长、同学，还包括提供我们食衣住行方便的各行各业人士。但与其笼统地"谢天"，不如从每天所遇见的某些特定的个人谢起。能由衷地感谢他人，不只是谦虚的表现，还有助于自己的身心健康，因为它可以产生良性循环。当你觉得应该感谢某人时，你自然会对他好一点，而对方感觉到你的善意后，也会有所回馈，让你产生被爱的幸福感，于是激发你更多的感恩之心，去感谢更多的人和事。结果，你就会得到更多正面的回馈，让你的人生变得更愉快、更充实，也更有意义。

每天在日记里记下（或上床时在心中默想）你要感谢的人或事，当作你一天最后的功课，虽然只是小事，但养成习惯，就能改变你的人生。

助人就是在助己

让你快活起来的最好方法是让别人快活起来。

——马克·吐温（美国作家）

有人喜欢做自了汉，自己的人生自己过，自己的快乐自己找，自扫门前雪，自家吃饭自家饱，不想打扰人家，也不希望别人打扰自己。这种"独善其身"，看似容易，却很难做到，因为每个人都只是尘网中的一个点，都和其他人错综复杂地纠葛在一起，除非你脱离尘网，否则很难独善其身。

有一位农夫，二十几年来，一大片田地种的都是玉米，他最大的心愿是种出最好吃的玉米。经过不断的尝试和改良，他所种玉米的品质果然日益精进，在每年的玉米评选大赛中都获得了大奖。一名新闻记者想为此写一篇特别报道而专程去采访他，在访谈中，不出记者所料，农夫手中的确握有不断改良后的特优玉米种子。要先有优良的种子才能栽培出优良的玉米，这个道理人人皆知，但令记者惊讶的是，这位农夫居然每年都把他独有而珍贵的玉米种子分给他的邻居们。记者忍不住好奇地问："你为什么要把最好的种子送给邻居呢？这样他们种出来的玉米不是都会和你竞争吗？"

农夫笑了笑，说："我们这里的田地大部分都种玉米，你知道吗，玉米的花属于风媒花，在授粉期，风一吹，成熟的花粉就会从这块玉米田飞到另一块玉米田，如果我的邻居们种的是劣质的玉米，他们田里的花粉飞到我的田地来授粉，那就会降低我的玉米的品质。所以啊，如果我想种出好玉米，我也必须帮助我的邻居们种出好玉米。"

这位农夫可以说深谙"唇齿相依"的道理。置身尘网中的每一个人都是相互依存、密切关联的，每一个人的生存与幸福都有赖于他人。如果只有你快乐，但周围的人都在悲伤、痛苦，那你就无法不受影响，也就无法真正地快乐。除非周围的人也快乐，否则你就不可能保持快乐，帮助别人就是在帮助自己。

自己的人生自己过，自己的快乐自己找。但如果你想真正快乐，那你就要让周围的人也快乐；如果你想得到真正的安宁，那你就要让周围的人也安宁。因为只有他们都快乐了，你才能有真正的快乐；只有大家都安宁了，你才能获得真正的安宁。

伟大又平凡的母亲

上帝无法照顾每个人，所以他创造了母亲。

——犹太谚语

母亲节到来的时候，很多人都会利用这个节日表达对母亲的爱与感谢。有的人甚至会用"我的母亲是天下最伟大的母亲、最神圣的女人"这样的说法来表达对母亲的赞美与尊敬。的确，在多数为人子女的人眼中，自己的母亲都是既伟大又神圣的，而大部分的母亲听到这样的赞美也会觉得很开心、很温暖。

但在表达对母亲的赞美与感谢时，我们千万不要给母亲压力。有一位四十岁的女性去做心理咨询，原因是她的亲子关系"太好了"。原来这位女士育有一女一子，两个孩子都正值青春期，她很爱他们，儿女也都很爱她——不只爱她，还赞美她、尊敬她，简直将她视为天下最完美的母亲、最神圣的女人。她说当初自己的确有心做个完美的母亲，恪尽神圣的母职，所以一直在儿女面前表现出自己最好的一面，久而久之，便让儿女产生了"我的母亲最完美、最伟大"这种想法。

也许是受到她的熏陶，两个孩子的品行都很端正。当他们日渐懂事后，他们在看到或听到外面世界的人欲横流、不太道德的行为时，最常说的一句话就是："我的母亲绝对不会做这种事！"
她听了既心惊又尴尬，因为实际上她偶尔也会有那些欲望，也可
能会做那些事。但为了保持自己在儿女心目中的神圣和完美形象，
她只好尽力克制自己，不要再有那些欲望，不要再做那些事情。
但有时候她又觉得这是在欺骗自己，也在欺骗子女。

对这位母亲的"痛苦"，做子女的应该怎么办呢？母亲很爱
我们，为我们牺牲了很多，但大部分的母亲毕竟都只是个普通女
子，她们跟一般人一样，也有一些甚至很多毛病和缺点，我们怎
么忍心期待或要求她们去做什么"天下最伟大"的母亲、"世界
上最神圣"的女人呢？

每个母亲都有伟大的一面，但也有平凡的一面；有神圣的时
候，也有庸俗的时候。为了子女而在平凡中显现伟大，在庸俗中
流露神圣，那才是真实的母亲。我们要爱、要感谢的是真实的母
亲，更要接纳这样的母亲。将母亲视为无比伟大、完美、神圣的
人，看似是在给予母亲最大的赞美与尊崇，实际上却是在剥夺母
亲做一个正常人、平凡人的幸福和权利。

所以，我们在对母亲表达爱、感谢与赞美的时刻，也要希望
母亲能够卸下重担，不要再那么"伟大"、那么"神圣"，不要再
为了我们而牺牲自己，应该放轻松一点，多多"做自己"，好好
做个平凡而快乐的普通女人。

何苦成为好人

> 美德本身就是对它自己的奖赏，行事端正带来的愉快已足够偿付代价。
>
> ——约翰·范布勒（英国建筑师）

你想当好人还是坏人？相信多数人都会选择当好人。但在看到有那么多恶人当道、小人得志，他们不仅未受到任何处罚与指责，而且还得意扬扬、吃香喝辣时，这难免会让人觉得这个世界上没有绝对的是非公理，而开始怀疑，甚至后悔："自己何苦去成为一个好人？"这个问题的确是该好好想一想。

一九六三年，《芝加哥论坛报》儿童版《你说我说》专栏主持人西勒·库斯特，接到一位名叫玛丽的小女孩的来信，信中说她实在不明白为什么她帮妈妈做家务，把烤好的甜饼送到餐桌上，得到的只是一句"好孩子"的夸奖，但什么都不做，只会捣蛋的弟弟却得到了一个甜饼。玛丽问库斯特："上帝真的是公平的吗？"为什么她在家里和学校里，经常看到像她这样的好孩子被上帝遗忘了？库斯特看完信，心情非常沉重，因为不止一个儿童这样问他："上帝为什么不奖赏好人？为什么不惩罚坏人？"

我们从小教育孩子要当好人、不要做坏人，"善有善报，恶有恶报"。但敏感的儿童却很早就从周遭看到了不一样的事实，难怪他们会发出上述的疑问。库斯特不知道要如何回答这个问题，直到有一天他去参加一场婚礼，意外地在婚礼上找到了一个出人意料的答案。

当牧师主持完仪式，新娘和新郎交换戒指时，两人竟都误将戒指戴在对方的右手手指上。牧师看到了，幽默地说："右手已经够完美了，我想你们还是用戒指去装扮左手吧！"库斯特一听，仿佛醍醐灌顶，茅塞顿开：好人看似被上帝忽略，其实那是因为好人就像右手，已经够完美了，不用上帝操心。上帝让右手成为右手、让好人成为好人，就是对右手和好人最高的奖赏。库斯特于是以"上帝让你成为好孩子，就是对你的最高奖赏"为题，热情洋溢地回了玛丽一封信，并刊登在报纸上。这个答案让他一夕成名，得到了热烈的赞美。

当好人或做坏人，都来自你的选择。为什么选择当好人？并不是希望得到"好报"，而是因为它符合你的价值观。能当个好人，让自己在自尊、自重、自信中感到欣慰和满意，"自我感觉良好"，就是你给自己最大的奖赏。那么，何必在乎有没有人对你鼓掌、敬礼，或者坏人是否受到批评和惩罚呢？

红杉与大雁

人人为我，我为人人。

——大仲马（法国小说家）

你看过一辆小汽车正在穿越一棵大树树洞的照片吗？这样的大树叫作加州红杉，是目前已知世界上最高大的树种，生长于加州临近太平洋地带，高度可达六十到一百米，寿命也长，有不少已有两三千年"高龄"。

所谓"根深蒂固"，树要长得高大，根通常需要扎得很深，这样才能长得牢靠，也可吸收更多养分。但加州红杉跟台湾地区常见的槟榔树一样，属于浅根型植物，这样狂风暴雨一来，不是很容易被连根拔起吗？加州红杉却没有这个问题，这其中蕴含了自然界的一个奥秘。

原来，加州红杉通常会成群结队长成一片森林，它们的根在地底下彼此紧密相连，形成一片"根网"，有的可达上千万平方米。除非狂风暴雨大到足以掀起整块地皮，否则很少有红杉会孤独地倒下。专家说，彼此相连的浅根方便它们快速、大量地吸收养分，还可将扎根的能量用来向上生长，这也是它们长得特别高大的原因之一。

天上的大雁能飞得很高、飞得很远，秘诀也在这里。它们都成群结队排成"人"字形飞翔，不仅可以彼此照应，而且可以节省飞翔所耗费的能量。飞在前面的雁，虽然较吃力，但它翅膀的左后方和右后方会形成一股上升的气流，紧跟在它后面的雁飞在这股上升气流里，就可以节省很多力气。如此这般，第一只帮第二只，第二只又帮第三只……过一段时间后，当带头的第一只飞累了，就会退到后面，由第二只雁补上来。在彼此通力合作、帮助下，它们比单独飞翔时能飞得更高更远，而且还更轻松。

　　大雁这种飞行队伍，在蔚蓝的天空中看起来很像中国字里的"人"，也因此让中国人产生了特别的感触。有人说中国的"人"字看起来就像靠两条歪斜的线互相支撑、互相扶持而成，所以我们做人也要与他人互相支撑、互相扶持。大雁成"人"字飞行，也就具有了象征意义。

　　在社会上，一个人如果能像红杉和大雁一样，广结善缘，与别人紧密相连，互通有无，彼此支援，那么不仅在面临困境时，能有支撑的力量，还可以花更少的心血，长得更高、更壮，飞得更高、更远。

爱情之门

去爱一个人就是在瞻仰上帝的容颜。

——雨果（法国小说家）

歌德在《少年维特之烦恼》里感叹："哪个少男不多情？哪个少女不怀春？此乃人性中的至洁至纯。啊！怎么从中有悲痛进出？"对情窦初开的少年男女来说，最让人感到悲痛的莫过于"落花有意，流水无情"了。

有个故事这样说。一个年轻人去参观画展，看到一幅名为《爱情之门》的画。画中有个如维纳斯般的女子在海中沐浴，沙滩上，一个做骑士打扮的男子正朝女子走去。在男子与女子之间，海洋与沙滩的交接处，竖立着一扇孤零零的门。

年轻人在画前端详良久，好奇地问画家："这扇'爱情之门'怎么没有把手？"从沙滩上骑士的角度看，那扇超现实的"爱情之门"的确没有把手。没有把手，怎么进门呢？画家意味深长地说："把手在门的里面。你只能在外面轻轻敲，耐心等待，等里面的人自己将门打开。"

画家通过这幅画要表达的意思是：爱情无法强求，看到迷人的对象，不能因为自己喜欢就擅自开门进入，更不可破门而入，只能在门外轻轻敲，表达爱意，让对方听到。如果对方也有意，就会自己来开门。爱情虽是两颗心互相撞击所迸出的火花，但总要有一颗心先去敲击另一颗心。敲了，另一颗心未迸出火花，便是"落花有意，流水无情"，一再地敲、撞击，发出的可能也只是鲁莽而悲哀的声音。

郑愁予有一首很有名的新诗《错误》："我打江南走过，那等在季节里的容颜如莲花的开落。东风不来，三月的柳絮不飞。你的心如小小的寂寞的城，恰若青石的街道向晚。跫音不响，三月的春帷不揭。你底^①心是小小的窗扉紧掩，我达达的马蹄是美丽的错误。我不是归人，是个过客……"为什么说是"错误"呢？也许就是因为对方的心依然是"窗扉紧掩"吧！但这里面没有谁对谁错、谁高谁低的问题，单纯只是一种"不搭"而已。

对方如果不开门，敲击也许只是个"美丽的错误"，但你也可以像个"过客"般无悔地离开。因为，你已经敲了门，表达了自己的爱。能真诚表达自己的爱，做了自己想做的事，就已经是一种幸福。

----

①底：通"的"。

兵马俑里的君子

谦谦君子，卑以自牧也。

——《易经》

有句古话："满招损，谦受益。"意思是说，自满会招来损害，而谦虚则让人受益。《易经》中更有一个"谦"卦，特别点出"谦谦君子，卑以自牧"，提醒我们想做君子，就应该以谦卑来约束、陶冶自己。

如果你到西安的秦始皇兵马俑博物馆去参观，最壮观的当然是那些站在坑道里姿态不一的众多步兵俑和陶马，但最让人惊艳的，是那尊被小心保存在大玻璃罩里的跪射俑。"他"被称为"镇馆之宝"，因为"他"不仅姿态优美——左腿蹲曲，右膝跪地，右足竖起，足尖抵地，上身微微左倾，双手在身体右侧做持弓弩状。而且"他"在出土时保持完整，连衣纹、发丝都清晰可见，不需任何修复。

为什么"他"能保持如此完整？关键就在于"他"的低姿态。蹲跪的"他"高度只有一米二，而普通立姿的兵马俑多为一米八或更高，当地下坑道的棚顶塌陷时，高大的立姿俑首当其冲，就都出现了程度不一的损伤。跪射俑一方面是因为低姿态而受到保护，另一方面则是重心在下，增强了稳定性，所以能将损害减至最小。

这正是"满招损，谦受益"的最佳范例，所以说跪射俑是兵马俑里的"君子"。

印度孟买佛学院的学生，在入学后的新生训练中，第一堂课是由教授将他们带到学院正门旁的一个小门，小门只有一点五米高，零点四米宽，学生必须低头弯腰才能进出。这个特殊仪式的目的是让学生学会谦卑，不仅在学校里要谦卑地学习，更要领悟在人生的道路上，有很多我们必须弯腰低头才能通过的小门。

富兰克林多才多艺，是美国有名的政治家、科学家与文学家。他年轻时自视甚高，有一天，他去拜访一位老科学家，他昂头挺胸走进老科学家的小屋，结果额头撞在了门框上，肿了一大块。老科学家看他这副模样，不禁笑道："很痛吧，但我想这是你今天来拜访我所得到的最大收获。一个人要想洞察世事，练达人情，就必须时时记得低头。"富兰克林后来在回忆他的人生时，说那次拜访让他懂得了谦虚。

谦虚或低姿态绝非为了避免受损害才采取的态度，就像稻子越成熟，它的头就垂得越低一般，人也是越成熟、见识越多后，才越知道自己"没有什么"。这种谦虚反而能让人知道自己的"不足"，使自己更上进，这才是最大的"谦受益"。

何必随他起舞

使你动怒的人，征服了你。

——肯妮（澳大利亚修女）

在日常生活里，我们经常会遇到一些对我们冷漠、粗鲁、蛮横无理的人，多数人的反应是"以牙还牙"：你对我冷漠，我也对你冷漠；你不讲理，我也就不跟你讲理。但这样一来，我们就跟他们一样了。

美国知名专栏作家哈里斯说，他有一次和朋友在报摊上买报纸，当朋友礼貌地对报贩说了声"谢谢"时，报贩却板着一张冷脸，不发一语。离开报摊后，哈里斯忍不住说："你不觉得那个家伙的态度很差吗？"朋友说："他每天都是这样的。"哈里斯有点不解，问："那你为什么还对他那么客气？"朋友笑着回答："我为什么要让他决定我的行为？"

何必热脸去贴冷屁股？多数人都会这么想。别人对我们好，我们就对他好；对我们差，我们就对他差。但这种"礼尚往来，以牙还牙"的方式，却表示你的"对人有礼"是相对的，你只是像一面镜子一样反射别人的态度。如果对人有礼貌是你的信念，是你认为一个文明人应有的修养，那你何必受别人影响，让他来决定你怎么做呢?

佛教里有个故事说:某日佛陀行经一个村庄,一些村民前来羞辱他,甚至口出秽言。佛陀静静听完,说:"谢谢你们来看我。因为下一个村庄有人在等我,我必须赶过去。等明天回来时,我的时间较充裕,如果你们还有什么话想对我说,到时再一起过来好吗?"佛陀的反应让村民难以置信。一位村民忍不住问他:"难道你没有听见我们刚刚说的话吗?我们把你批评得一无是处,而你却没有任何反应!"

佛陀微笑着回答说:"如果你们想要我对你们的批评有反应,那你们应该在十年前就来找我,那时的我可能会因被羞辱而动怒。但这十年来,我已经不再被别人控制,我已经不再是个'奴隶'了。我是我自己的主人,我根据自己的想法在做事,而不是随别人来起舞。"

这就是佛陀给我们的教诲:别人对你的无礼、批评、嘲笑和侮辱,那是他修养欠佳,是他的错,不是你的问题;如果你因此被激怒,咬牙切齿,血脉偾张,跟着非理性起来,那不仅是在"效法"他,更是在用他的错误来惩罚自己。为人处世可贵的是,能依自己所信奉的原则来行事,而不必随别人起舞。

穷人的脸与瑞恩的井

恻隐之心，人皆有之。

——孟子（中国儒家学者）

一九三一年的诺贝尔和平奖得主简·亚当斯，出身富裕家庭，她虽从小就因跛脚而不良于行，但非常具有同情心，二十九岁时就在芝加哥成立了济助穷人的"赫尔馆协会"，开始了她的慈善事业，后来更将其扩及各地，并成为美国睦邻组织运动的发起人。

有人问简·亚当斯为什么如此热心公益，她提起下面这段经历：九岁时她随父亲到伦敦旅行，在街上看到一辆货车上掉下一颗甘蓝，一个饥饿的穷人立刻扑到地上，疯狂地啃食那颗甘蓝。这一幕让她小小的心灵产生了极大的震撼，那个穷人啃食甘蓝时的脸孔让她难受，也让她终生难忘。就是这种"人饥己饥"的恻隐之心，驱使她在成年后开始建立起帮助穷人的慈善事业。

加拿大有一个小孩叫瑞恩·希里杰克，读小学一年级时，他听老师说非洲有很多小孩不仅无法上学，甚至连三餐都吃不饱，只能喝肮脏的水，不少小朋友还因此夭折。瑞恩除了心生同情外，还决定帮助他们。他回家告诉妈妈，老师说七十块钱（加币）就可以挖一口井，让非洲小孩有干净的水喝，所以他要捐七十块钱。

妈妈对他的想法表示赞许，但强调"既然要捐钱，就要自己想办法"，于是瑞恩除了省下自己的零用钱外，还开始通过帮家人和邻居做杂务来赚钱。四个月后，他攒到了七十块钱，并把钱交给了国际组织，但对方告诉他，七十块钱只能买一个水泵，挖一口井要两千加元。

瑞恩觉得这个数目太大了，自己恐怕短时间内完成不了。母亲提醒他："你可以集众人之力来实现梦想呀！"于是他开始寻找志同道合的人，一年多后，在家人和朋友的赞助下，他筹到了两千加元，在乌干达一所小学捐了一口井。经过媒体的报道，善心人士纷纷前来参与赞助活动，在五年间，"瑞恩的井"基金会就筹到了七十五万加元，在非洲八个国家挖了三十口井，而瑞恩也被选为"北美洲十大少年英雄"。

孟子说："恻隐之心，人皆有之。"跟这句话意思一样的是"人饥己饥，人溺己溺"，也就是说，看到别人痛苦，自己也会感同身受，跟着痛苦。但凡事"坐而言不如起而行"，"行动主义者不是抱怨河流脏的人，而是动手去清洁河流的人"，只有及时伸出援手，将同情心化为具体的行动，才能让对方免于痛苦，这样自己也会跟着免于痛苦，同时让对方和自己都获得快乐。

良心的惩罚

没有一个枕头比清明的良心更柔软。

——法国谚语

有人说，我们每个人的心中都有一个上帝，"他"就是我们的"良心"。当我们做了自觉不对的事情后，这个"心中的上帝"就会对我们兴师问罪，开始骚扰、惩罚我们，让我们心神不宁，甚至痛苦万分。这种良心的折磨无异于灵魂的地狱。

法国知名文学家卢梭少年时期在某位伯爵家中当仆役时，曾偷了一个侍女的漂亮丝带，在玩赏时，被另一个男仆发现。男仆将此事禀报伯爵，伯爵大为震怒，厉声追问卢梭丝带从何而来。卢梭心想如果自己照实说是偷来的，那一定会被免职，于是情急之下竟然撒谎说是厨娘偷给他的。伯爵于是找厨娘来对质，老实的厨娘一再流泪否认，卢梭却一口咬定是她，而且将"经过"编造得绘声绘色。恼火的伯爵索性将两人一起免职，当两人离开时，有一位长者叹息说："你们之中必有一个是无辜的，说谎的人一定会受到良心的惩罚！"

这件事果真给卢梭带来了终身的痛苦。四十年后，他在自传《忏悔录》里说："这个沉重的负担一直压在我的良心上……促使我决心撰写这部忏悔录……残酷的回忆经常让我苦恼，在我苦恼得睡不着的时候，我便看到那个可怜的姑娘前来谴责我的罪行。"

马克·吐温说"良心不安就好像在口中含着一根头发"，恢复舒坦的最佳方法是将它"吐"出来——也就是认错忏悔。但与其事隔多年后才自我忏悔，不如在做了错事的当时，就对被我们伤害的人忏悔。

即使没有具体地伤害到什么人，只要是违背自己良心的事，我们还是不能做。东汉有一个官员名叫杨震，他为官公正廉洁，有一次在赴任途中，经过昌邑，县令王密想报答他的提携之恩，便在夜里带了金子十斤去拜访他，杨震当场拒绝了。王密说："现在是深夜，没有人知道。"杨震说："天知，神知，我知，你知，怎能说没人知道呢？"王密听了，惭愧地离去。杨震的子孙为了纪念杨震廉洁传家的遗训，将堂号命名为"四知堂"。

"天知"和"神知"，代表的就是你的"良心知道"。不管你做了什么事，你都逃不过自己良心的监督。做了自觉不对的事，即使没人知道，你的良心还是会出来谴责你。法国有句谚语说："没有一个枕头比清明的良心更柔软。"要想睡得安稳、活得轻松，最简单，也最有效的方法就是不做亏心事。

辑八

人间乐土何处觅

摘下有色眼镜

没有什么是好的或坏的，只是我们的想法在作祟。

——莎士比亚（英国剧作家）

世界来自我们的观照。对同一个人、同一样东西、同一件事情，每个人都有不同的看法与感受。为什么呢？因为对于世间万物，我们不仅用眼睛去"观"，还用心去"照"。眼睛的功能所有人都是一样的，但"人心之不同，各如其面"，在不同的"心理投射"下，大家的所见所感显然也会不一样。

有心理学家做过一个有趣的实验。先由专业化妆师在志愿者的左脸做出一道血肉模糊、触目惊心的伤痕，再让他们用一面小镜子照一下自己化妆后的效果。然后实验员将镜子拿走，并告诉他们为了防止伤痕不小心走样，需在伤痕表面再涂上一层粉末，但实际上，化妆师是用纸巾拭去了"伤痕"。对此毫不知情的志愿者被带到医院的候诊室，观察人们对其面部"伤痕"的反应。结果，这些志愿者无一例外地描述了相同的感受——"周遭的人对他们表现出比以往更加粗鲁无理、不友善的态度，而且总是盯着他们的脸看"。但实际上，他们的脸上什么也没有，跟往常完全一样。他们之所以会有那样的"感受"，完全是来自"以为脸上有个难看的伤痕"的心理投射。

这就好像我们戴着一副有色眼镜来看东西，我们看到的并非事物的原貌和真相，而是被我们的思想与情绪"染色"后，变得失真与扭曲的假象，我们由此而产生的感受当然也是失真与扭曲的。

《吕氏春秋》里有个故事说：某人丢了斧头，他怀疑是邻居的孩子偷的，于是他看那孩子走路的样子、脸上的表情、说话的腔调，无一不像偷了斧头的窃贼。后来，这个人在山谷里找到了自己遗失的斧头。几天后，他再看邻居家的孩子，却发现他的动作、态度，没有一样是像小偷的。这个故事告诉我们，我们如果先入为主地认为某人对我们"不好"，那就会特别注意他对我们"不好"的一面，而忽略或过滤掉他对我们"好"的地方，结果就更加深了我们对他的"成见"。但其实我们认识的并不是"真正的他"或他对我们"真正的态度"，而只是我们的心理投射。

一个人只要有思想和情绪，就免不了戴着这种有色眼镜看人看事。为了将它所带来的失真和扭曲减到最少，除了时时提醒自己，我们对人对事有很多先入为主、自以为是的成见外，更要练习从不同的角度来看人看事，调和一下自己既定的色彩。

金佛出土

这个世界最大的浪费，是生活在我们的潜能之下。

——哈洛·李（美国神学家）

如果你到泰国旅游，那么曼谷的金佛寺可说是必游之地。寺中供奉着一尊世界上最大的金佛，但这尊纯金打造的佛像并非一开始就被供奉在这里，也非一开始就受到信众们的顶礼膜拜，它有一段离奇的身世。

专家根据佛像的造型推测，它很可能是七百年前素可泰王朝的某个国王为了展示王威而铸造的，原先供奉在湄公河畔的一间寺庙里。后来因缅甸大军入侵，寺庙的僧侣害怕缅甸军队见到金佛会将它夺走，于是用泥浆包覆佛像的金身，让它变成一尊泥佛。缅甸大军来到时，僧侣逃的逃，死的死，时过境迁，再也没有人知道金佛的身世，大家只看到寺里坐着一尊土里土气的泥佛。

直到一九五七年，因为旧寺改建，工人在搬运佛像时觉得它异常沉重，此时一块灰泥自佛身脱落，兼又下起雨来，大家才赫然发现灰泥下隐藏的其实是一尊举世无双的金佛！泰国举国上下为之骚动许久，随后金佛即被供奉于此寺，让各方信众顶礼膜拜。

金佛的故事让人想起中国柴陵郁禅师的一首有名的偈子：

"我有明珠一颗,久被尘劳关锁;今朝尘尽光生,照破山河万朵。"我们每个人的心中原都有一尊金佛、一颗明珠,它就是我们的"赤子之心",原本一片光洁明亮,但后来在我们生命的成长过程中受到各种欲望的污染、知见的扭曲而蒙尘,被层层的灰泥所遮蔽。如果想恢复"赤子之心",那就要去污除垢,还我本来面目。

　　从另一个角度来看,心中的金佛或明珠也好比我们所蕴含的可贵才华,就像当年寺里的和尚,因为害怕缅甸军队的觊觎而用泥浆包覆遮蔽它,我们也常常因为害怕被人嘲笑、后果堪虑、得不偿失,而不敢展露自己如黄金般的才华,结果就让它们永远蒙尘,难见天日。浑浑噩噩的日子过久了,不仅别人认为我们俗不可耐,连我们自己都忘了自己曾经有过什么样的才华。如果你不想再这样下去,那就要勇敢抖落身上和心中的灰泥,这样才能让我们的善良天性、可贵才华如金佛般重新出土,散发万丈光芒。

他不知茧里有蛹

为了解而学习是人类最高级的活动，因为了解就是自由。

——斯宾诺莎（荷兰哲学家）

法布尔是法国有名的昆虫学家，巴斯德是有名的化学家。有一天，巴斯德专程去拜访法布尔，请教他有关蚕的知识。因为当时法国的蚕纷纷感染怪病而死亡，有关部门要巴斯德去挽救陷入危机的养蚕业。

让法布尔大感惊讶的是，巴斯德对蚕可以说一无所知，不仅不知道蚕茧里有蛹，蛹会羽化成蛾，活到四十三岁的他，甚至没见过一条真正的蚕。这样一个人怎么能挽救陷入危机的养蚕业呢？法布尔心里有着深深的怀疑，不过他还是耐心地告诉了巴斯德关于蚕的基本常识，并指点他要到哪里去获得进一步的信息。

对蚕一无所知的巴斯德，最后还是成功地挽救了法国的养蚕业。其实，学习与蚕有关的知识，查阅大量相关资料，只是简单的初步工作，那也许只需几天或几个月的时间。如何找出蚕致病的关键并提出对策，才是真正困难的挑战。巴斯德用显微镜仔细检查各个发育阶段的蚕组织，将病蚕、健康蚕、雌蚕加水磨成糊状，做成切片，在显微镜下进行观察、分析和比较。经过五年辛勤而烦琐的工作，他终于找到让蚕染病的细菌，并证明它主要发生于蛹期，且病蛹化成的蛾所产的卵也带有病菌。防治之道就是将染病的蛾和其所产的卵全部烧掉，把健康的蛾卵保存下来作为蚕种。

原本对巴斯德相当存疑的法布尔，后来改变了对巴斯德的看法，他认为巴斯德最初的"无知"，使他能不受任何成见的干扰，直接检视他所研究的对象，能更虚心、更自由、更热切地提出各种询问，结果反而成为一种"优点"。法布尔甚至说："巴斯德的榜样行为，让我深受鼓舞，我给自己定下了一条规则，我要用'无知法'来研究本能。"

但除了因"无知"而能虚心学习外，更重要的是巴斯德的研究精神和实验方法。巴斯德的老师杜马（法国政府"蚕疫研究小组"主席）选中他来挽救养蚕业，主要是因为他在不久前找出了让葡萄酒和啤酒变酸的原因，而挽救了法国的酿酒业。巴斯德之所以能挽救酿酒业、养蚕业，还有获得其他突破，都是来自同样的研究精神和实验方法。

巴斯德的故事告诉我们，对一个伟大的创造者来说，重要而困难的是对于问题的研究精神和方法，至于问题的相关知识和资料，那只是细枝末节，或许只要几天的时间就可以拥有。

另一种高度的攀登

我们的态度决定我们的高度。

——邓恩（美国宗教领袖）

标高八千八百四十八米的珠穆朗玛峰是世界第一高峰，在峰顶留下脚印一直是世界顶尖登山好手的梦想。从二十世纪初起，就有不少西方的登山队伍想要征服它，但都功败垂成。一九五三年五月二十九日，新西兰的登山家埃德蒙·希拉里和尼泊尔向导丹增·诺尔盖一起沿着东南山脊路线登上珠穆朗玛峰，成为攻顶成功的第一组人。

两人在最后攻顶时有一段小插曲：在距离峰顶只有数步之遥时，希拉里忽然停下脚步，指着峰顶，对他所雇用的向导诺尔盖说："这是你的土地，你先上吧！"诺尔盖不明就里，往上迈进几步，结果他的名字就因此进入了人类登山史册，成为登上珠穆朗玛峰的世界第一人！

诺尔盖是喜马拉雅山区土生土长的夏尔巴人，对他和他的族人来说，什么"征服世界第一高峰"是西方人才有的怪异想法，要不要做"第一人"对他的意义不大。但希拉里居然能把这个西方人梦寐以求的头衔拱手让给诺尔盖，则显示出特殊的意义。虽然大家还是将希拉里视为征服珠穆朗玛峰的"第一位登山家"，但正是他的礼让，让生活在这片土地上的人得到了本该属于他们的荣誉，因而也更让人觉得希拉里是一个"令人景仰的登山家"。一个真正的登山家，他要征服的其实不是高山，而是自己的欲望，做到这一点的希拉里超越了世俗，也超越了自己，而站在了另一个高度上。他的高度正是来自他的态度。

众所周知，美国的阿姆斯特朗是登陆月球的第一人。其实，在那次任务中，登陆月球的航天员有两位，另一位是奥尔德林，但风光似乎都被阿姆斯特朗一人抢尽。在庆祝登月成功的记者招待会上，有记者问奥尔德林："让阿姆斯特朗成为登陆月球的第一人，你会不会觉得有点遗憾？"对这个尖锐的问题，奥尔德林很有风度也很风趣地回答说："各位别忘了，回到地球时，我可是第一个走出太空舱的。所以我是由别的星球登陆地球的第一人。"对这样的回答，大家都忍不住给予最热烈的掌声。奥尔德林也以另一种方式攀登了另一种高度。

当很多人都在为了"争第一"而处心积虑、抢破头时，换个想法，不仅能更海阔天空、悠游自在，而且也让自己站到了另一个高度上。

你的可贵之处

所谓"好运",是准备遇到了机会。

——奥普拉·温弗瑞（美国电视节目主持人）

很多人抱怨自己怀才不遇，命途多舛。但与其怪罪命运的不公，不如先问问自己究竟表现了多少"才"让人来"遇"？你平时不好好表现，谁又知道你"暧暧内含光"？

有一个人，年轻时曾在军队的文工团担任作词作曲的工作，也做过记者，后来到浙江省文化局工作。一九五八年，时局所累，他失去了工作，为了养家糊口，最后在浙江图书馆担任临时工，做些打杂的工作。从小就爱好书法的他，利用空闲时间临摹馆内收藏的碑帖。管理人员看他喜欢写字，便将写标语、指示牌的工作都交给他。不管写什么，他都一笔一画写得非常认真，稍不满意，就重新来写。其他工作人员看在眼里，笑在心里，都觉得他实在是小题大做。

有一天，一代书法名家、西泠印社社长，同时兼任浙江图书馆馆长的张宗祥来到图书馆，主持建馆六十周年大庆，他在二楼阅览室门口，"请不要随地吐痰"的标语和"阅览守则"前驻足良久，惊讶地问随行人员这些字是谁写的。管理员立刻把衣冠不整、面容憔悴的临时工叫了过来。交谈之后，张宗祥觉得他是个可造之才，也就不避嫌地收他为关门弟子。

他，就是姜东舒。在张宗祥的指点下，他的书艺进步神速，后来也成为书法名家，被誉为"中国当代楷书之王""中国小楷第一人"，如今大江南北的园林名胜中，有不少他的题匾和对联。姜东舒终生感念张宗祥对他的栽培之恩，一九六五年，张宗祥去世时，他悲不自胜，写下一首诗《痛悼恩师张宗祥先生》以志哀痛。

从某个角度来看，姜东舒得遇张宗祥，确是遇到了他生命中的贵人，因为没有张宗祥，可能就没有后来的姜东舒。能不能遇见贵人，似乎是个机缘或命运的问题。但从另一个角度来看，我们也可以说，姜东舒是在做自己的贵人，因为他不管写什么都一丝不苟、认真地写，才有机会让张宗祥发现他的可贵之处，觉得他是可造之才。

得遇贵人，确实可以改变一个人的人生。姜东舒的故事告诉我们：要遇到贵人，不必四处张望，而是要专注于眼前，愉快而认真地做好当下的工作，让别人觉得你确实有可贵之处，那么贵人才会自动找上门来。

诚实与责任

每项权利都包含一个责任，每个机会也都预示一个义务。

——洛克菲勒（美国实业家）

美国国父华盛顿砍倒樱桃树的故事，可谓家喻户晓。华盛顿年幼时，父亲送给他一把小斧头，他想试试斧头是否锋利，就拿它朝庭院里的一棵小树砍去，结果小树应声而倒。父亲发现小树被砍倒，既伤心又愤怒地问："这是一棵很珍贵的樱桃树啊！是谁这么大胆，砍倒我的樱桃树？"小小的华盛顿当场承认："对不起，爸爸！因为我想试试您送给我的小斧头，所以砍倒了这棵宝贵的樱桃树，我以后再也不敢了。"父亲听后，不仅没有责怪他，还转怒为喜，一把抱起华盛顿说："好孩子，我很高兴啊！因为你不但没有说谎，而且能勇敢地承认错误。我宁愿失去这棵树，也不愿见到你成为说谎的孩子！"

即使有不少人认为这个故事很可能是杜撰的，但因立意甚佳，依旧流传甚广，因为它强调了诚实的重要性，而且暗示华盛顿从小就品德高尚，所以后来才能成为美国国父，值得大家效法。这个故事"美中不足"的地方是，诚实虽然是一种美德，但也是一种自我要求，它让我们自觉美好，这就是诚实带给我们最大的收获。一个人不应该为了得到赞美或其他好处"才"诚实。华盛顿砍倒父亲辛苦栽种的樱桃树是不对的行为，做错事就应该受责罚，但华盛顿却因为诚实就不必再负任何责任，甚至还受到嘉许。这容易造成误导，让人产生观念上的偏差。

美国前总统里根曾说过一件他十一岁时的故事：有一天，他和朋友一起玩球，却不慎将邻居家的玻璃打破了，里根没有逃跑，也承认是自己打破的。结果邻居向他索赔十二点五美元。里根回去坦白告诉父亲事情的经过，然后说："我不是故意的。"但父亲并没有因此而奖励他，反而说："玻璃是你打破的，你要负责赔偿。"里根为难地说："可是我没有钱啊！"父亲于是拿出十二点五美元给里根，说："这笔钱先借给你，一年后还我。"在赔偿邻居后，里根只好开始打工赚些零钱，半年后才终于把钱还给了父亲。

有些人也许会认为里根的父亲太无情，十二点五美元根本没多少，居然还斤斤计较，要求儿子辛苦去工作来还钱。但里根后来在谈到这件事时表示，他很感谢他的父亲，因为父亲要他自己承担过失，让他明白什么是"责任"。也许这是诚实之外，我们更应该懂得的道理。

对偶像的效法

你出生时是个原创物，不要在死时成为复制品。

——马森（美国文评家）

　　青春期是一个人对未来产生憧憬、开始编织梦想、动身去寻找英雄、追随偶像的时刻。对心仪、崇拜的英雄或偶像，我们总是会以他们为"自我认同"的对象，在思想情感、言行举止方面自觉或不自觉地模仿他们。在各行各业中，最让青少年着迷的无疑是影星和歌星，而模仿最多的则是他们的打扮与行为。这其实非常正常，因为这些亮丽人物的外表是我们最常接触、最可见到的。

　　先不要问这样的认同或模仿，学习到的是否只是"皮毛"，一个更有趣而且更重要的问题是——"时间差"。让青少年着迷的影和歌星通常都早已成年，有很多还是"看起来年轻"的中年人。比如曾风靡一时的 SMAP 乐团歌手及日剧天王木村拓哉，当时以他为偶像的年轻人会留像他一样的波浪形长发，穿戴时髦的服饰。但恐怕很少有人知道，初中时期的木村拓哉，因为喜欢运动，主动剃了一个大光头（以免满头大汗），天天穿运动服（无暇打扮）。如果一个初中生崇拜木村拓哉，想要效法他，那么应该学习的是初中时期的木村拓哉，而不是青年时期的木村拓哉。事实上，木村拓哉就是因为中学时期热爱运动、身手敏捷，才成为"滑板男孩"，开启他的演艺生涯的。

所以，不管你心目中的偶像是谁，如果你真想"有为者亦若是"，那么你需要模仿、学习的不是现在的他们，而是这些名人在青少年时期的作为，就是这些作为成就了他们今日的风光。

另外有个故事说，一位雕刻家成名后，很多人慕名来拜他为师，跟他学艺。有人问他："您的这项技艺是怎么学来的？"雕刻家总是回答说："我是从我老师那里学来的。"但大家都觉得他这是言不由衷的客套话，因为对雕刻稍有认识的人都知道，他作品的风格跟他的老师大相径庭。因而有人又问："您跟您老师是如此不同，您怎么说是学您老师的呢？"雕刻家微微一笑，说："我说我学我的老师，因为我的老师从来不学他的老师，这就是我从他那里学来的。他是他，我是我。"

老师是我们最常效法、学习的偶像或对象，但就如同雕刻家所透露的，我们要学习的并非偶像成功后光鲜亮丽的外表，而是成功背后的真精神——为学、做人、处世的态度和原则。

两位"超人"的命运

能超越自己，是最首要也是最高贵的胜利。

　　　　　　　　　　——柏拉图（希腊哲学家）

　　美国的《超人》电视剧和电影，受到全球观众，特别是年轻人的喜爱，因为它满足了大家对英雄的渴望。但电影跟现实人生毕竟有很大的差异，不仅对观众如此，对扮演超人的演员更是如此。

　　在电视刚问世不久的二十世纪五十年代，美国电视台就推出了电视剧《超人历险记》，扮演超人的乔治·里维斯在五年内拍摄了一百零四集，是当时极受欢迎的演员。但这个在荧屏上英勇无比的英雄，却在《超人历险记》电视剧播放结束后三年，便因绝望而自杀了。

　　说来令人唏嘘。里维斯在演完"超人"后，身为一个演员，他想要有所超越，便不断尝试新的戏码，扮演其他角色。但这些影片都一败涂地，没有一部像《超人历险记》那样受观众欢迎，他因而变得闷闷不乐。导演对他说："你已经是深植人心的'超人'了，你不可能再演好任何其他不是超人的角色了，观众不会喜欢的。"结果，在观众无法接受的情况下，这个昔日的"超人"

因绝望而结束了自己的生命，年仅四十五岁。

在一九七八年电影版《超人》里因扮演超人而走红的克里斯托弗·里夫，前后共主演了四部《超人》电影，极受欢迎。克里斯托弗·里夫也在其他影片里扮演其他角色，成绩也不错，但在一九九五年，他却因意外坠马导致肩部以下完全瘫痪，从无所不能的"超人"跌落深渊，变成必须仰赖呼吸机维生的重度残障人士。这个打击比里维斯承受的打击更残酷，里夫也曾经想要轻生，但在身心几经煎熬而出院后，他决定改变角色，重新面对生活。

他先加入"美国瘫痪协会"，然后接任会长，坐着轮椅四处奔走，利用各种资源及人脉，到国会争取预算，极力推动相关法案和脊髓修补的科学研究，并因而获得二〇〇三年的拉斯卡公共服务奖。虽然他不幸在二〇〇四年因心脏衰竭而过世（五十二岁），但在意外发生后的九年中，他以勇气、智慧和不屈不挠的斗志重新点燃了生命，改变了自己和很多其他同病相怜者的人生，成为人间真正的英雄、真正的超人。

两位"超人"的故事告诉我们，在别人面前"装超人"不仅是虚幻的，而且可能害了自己。真正的超人不是要超越所有人，而是能超越过去的自己。

富有与贫穷

没有一颗丰饶的心，财富只是一个丑陋的乞丐。

——爱默生（美国文学家）

"谁是世界上最富有的人？"相信很多人都会不假思索地说是微软公司的创始人比尔·盖茨或"股神"巴菲特。但如果你看了《穷得只剩下钱》这本书或电影，你可能就不再那么肯定了。虽然多数人都用金钱去衡量一个人的富有程度，但到底什么叫"富有"，什么叫"贫穷"，其实有很多定义，你不必被别人牵着鼻子走。

有个故事说，有一位老先生逢人便说他是世上最富有的人，这番话引起了税务部门的注意，于是派人去调查他。税务人员问他："请问你有多少财产？"老人说："我有健康的身体。"税务人员以为他在装傻，耐心问："除了健康外，你还有什么财产？"老人说："我还有一个贤惠的妻子。"税务人员板起脸来问："除此以外呢？"老人又说："我还有几个孝顺、肯上进的儿女。"税务人员的不满终于爆发，怒声问："我是在问你，你有没有任何房地产？银行里有多少存款？"老人回答："除了前面所说的财产外，其他的东西我什么也没有。"

也许有人会认为这位老人很"阿Q"，但其实他是一位智者。苏格拉底说："满足于最少的人最富有。"富兰克林说："财富不是一个人拥有多少，而是他享受多少。"古今中外的所有智者都不会用金钱来定义财富。

另有一个故事，一位富翁想让儿子见识贫穷人家的凄惨生活，于是带他到乡下某个穷人的家。在那里过了一天一夜后，父子俩打道回府。途中，父亲将话题引到他的目的上："现在你知道贫穷是什么滋味了吧？"儿子回答："我的确见识到了。"父亲于是关切地问他学到了什么。

儿子说："我发现他们家有四条狗，但我们家只有一条狗；我们家有一个游泳池，但他们家有一片十倍大的水塘；我们家花园里有国外进口的灯饰，但他们家可以看到满天的星斗；我们家的天井直通前院，但他们家的门前视野辽阔……"在一一比较之后，儿子做出结论："谢谢爸爸！让我有机会了解我们是多么贫穷！"

美满的家庭生活与良好的人际关系，江上清风与山间明月，这些用金钱都买不到，懂得享受才是获得了真正的无价之宝。真正的富有是心灵、情感与生活上的丰饶，而非金钱的多寡，就像文学家爱默生所说："没有一颗丰饶的心，财富只是一个丑陋的乞丐。"而且，我们不单单拥有丰饶的心灵、情感与生活就够了，还要能享受、运用它们，并与他人分享，那才是真正的富有。

被偷得最多的人

我们最大的敌人来自我们内心。

———塞万提斯（西班牙小说家）

好莱坞的卖座电影《偷天陷阱》，由老牌巨星肖恩·康纳利和美艳女星凯瑟琳·泽塔·琼斯搭档出演一对鸳鸯大盗，他们在千禧年的除夕夜，利用电脑受"千禧虫"影响而短暂当机的绝佳机会，去洗劫吉隆坡石油双塔里的某家大银行……该影片娱乐性很高，让人在不知不觉间仿同男女主角一起，体验那种不同凡俗的神偷生涯，在短短的两个小时里，经历了一种逾越常规的、危险、刺激而又多姿多彩的生活。

现实人生里的神偷其实凤毛麟角，但二十世纪初闻名的珠宝大盗阿瑟·贝里无疑是其中之一。他光顾过无数名流的收藏室、保险箱，不仅窃盗手法高明，而且颇具艺术鉴赏能力和品位。没有格调的东西他不偷，庸俗人家的东西也不偷，因此，竟有不少人还能以被他偷过"为荣"，因为那正表示自己是个有"份量""有品位"的人。虽然他让警方非常头痛，但法网恢恢，贝里最后还是被捕了，而且在监狱里度过了长达十八年的囚犯生活。

出狱后，贝里就此金盆洗手，搬到新英格兰的一个小镇上定居，过着普通小百姓的平静生活。但没过多久，他还是被眼尖的人认出来了，消息传开来，记者们从各地蜂拥而至，"珠宝大盗洗心革面"似乎也是个吸引人眼球的新闻。某位记者问了他一个尖锐的问题："贝里先生，你曾经偷过许多有钱人，请问你是否还记得偷过最多东西的人是谁？"每个人都拉长耳朵来听，因为"这个人"可能因此而得到某种"荣誉"。

他露出一个神秘的笑容，回答："被我偷的最多的人，名叫阿瑟·贝里，也就是我自己。"然后解释说，他本来可以用他的聪明才智和冒险精神成为一个商业大亨或"华尔街巨头"，但却把它用在偷窃上，结果使自己在牢狱里度过了十八年的岁月。他偷了属于自己的，叫作"光阴"和"人生"的无价之宝。

电影提供幻想，让我们在观赏虚拟的英雄与美人的故事中满足幻想。人生则提供教训，让我们因自己和别人的真实经历而获得教训。我们每一个人，其实都是手法高明的"神偷"，都曾经在自己难以察觉、无法抵挡的情况下，"偷"了自己很多东西，除了时间外，还有理想、荣誉、感情等，也都曾信誓旦旦地说"这是最后一次了"，但没过多久又忍不住"再偷一次"……直到一座监牢从我们内心深处升起，在眼前浮现。

适可而止

有节制的享乐，是双重的享乐。

——赫曼·赫塞（德国作家）

有人说："一幅画最美的部分是它的画框。"这不是在讽刺画家，而是要提醒我们，一幅画能在它应该停止的地方停下来，才能让人觉得美，是适可而止的美。有人说："人生得意须尽欢。"但何时才算"尽"？也许因人而异，却都有一个不应该"超过"的界线。

美国有一位参议员克劳德·斯旺森很擅长演讲，也很喜欢演讲。有一次，有人请他在宴会中讲些话，他讲得唾沫横飞，并越讲越起劲，远远超过了主办单位给他的时间。宴会结束后，一位老太太走过来与他握手致意，依然陶醉在自己精彩演讲里的斯旺森忍不住问她："夫人，您觉得我今天讲得如何？"老太太说："你讲得很好，只是你错过了好几次机会。"斯旺森好奇地问道："什么机会？"老太太说："结束的机会。"

万事开头难，但结束可能更难，因为很多人只知道如何开始，却不知道怎么结束，很多好事，往往因结束得很"难看"，反而变成了坏事。

有一则关于马克·吐温的趣谈是这样的：马克·吐温某日听牧师讲道，开始时觉得牧师讲得很好，令人感动，于是他决定捐款。十分钟后，牧师还没讲完，他有点不耐，决定只捐些零钱。又过了十分钟，牧师还不罢休，他如坐针毡，决定一毛钱也不捐。又过了一段时间，牧师好不容易讲完，马克·吐温便生气地离开了。

在心理学上，这叫"超限效应"，意思是说，即使是受欢迎的刺激，若刺激过多、过强、过久，就会产生反作用。每个人都有他喜欢的乐事，乐在其中，会让人浑然忘我、欲罢不能，而超出应有的时间和分量，结果会令欢乐转为痛苦，好事变成坏事，不仅让自己产生玩物丧志的悔意，还经常惹来他人的责备，或者弄坏了自己的身体。

对自己喜欢的事，重要的不是如何开始，而是怎么结束，不是克制自己不做，而是要适可而止。适可而止虽然会让人觉得意犹未尽，但这正可以给下次的开始预留美好的期待，而且为自己的自制力感到某种尊严、某种光彩，进而得到另一种快乐，这也正是小说家赫曼·赫塞所说的："有节制的享乐，是双重的享乐。"

所以，你日后遇到喜欢的乐事时，最好先给自己定个停止的界线，然后在快要接近界线还意犹未尽时，用赫曼·赫塞的话提醒自己，即时把握结束的机会，让自己得到"双重的享乐"。

人间乐土何处觅

愚者向远方寻找快乐，智者在脚下栽种幸福。

——欧本海默（美国诗人）

一分耕耘，一分收获。但很多人认为，在开始耕耘之前，似乎应该先找到一块肥沃的土地，这样才能事半功倍，让一分耕耘获得两分收获。

有个故事说，一位传教士驾着马车经过一处乡间，漫漫黄土路的两边显得相当贫瘠，他沿着长路独行，荒凉的大地似乎没有尽头。眼前的一切让他感到悲悯，也让他感到不安。在这样走了两三个小时后，他的眼睛忽然一亮，就在荒凉大地的前方，他看到了一个奇景：一个仿佛童话故事中的美丽农庄。

传教士走近时，只见黄土路的两边碧草如茵，田里的农作物都欣欣向荣，散发出芬芳的气息；主人所饲养的马匹和鸡鸭也都膘肥体壮，活力无限。农场主人正和他的妻子坐在新粉刷的亮丽农舍前，愉快地吃着自家种的番茄。传教士觉得很惊奇，他不禁停下马车，走到屋前，向他们打招呼说："你们这里简直就是人间乐土。我沿着这条路行驶了两三个钟头，沿途所见都是一片荒凉和贫瘠。上帝保佑你们，让你们找到这样一块好田地。"

"你说得对，上帝保佑我们，让我们拥有这一块好田地。"农场主人说着，拿了一个番茄给传教士解渴，"但是你应该也已经看出来了，上帝在将它给我们的时候是什么样子。"

传教士一听，当下就会过意来。原来眼前的这片乐土，本来也是如同他沿途所见般荒凉与贫瘠。荒凉之地之所以能成为人间乐土，并非农夫"踏破铁鞋"找到的，而是他和妻子靠自己的双手辛苦耕耘出来的。

在肥沃的土地上耕耘，显然比在贫瘠的土地上有更好的收获，问题是你要到哪里去寻找肥沃的土地呢？有些人为了找到他心目中"理想的沃土"而东奔西走，居无定所。但就任何一块肥沃的土地来说，理论上，都还有比它更肥沃的土地，你要找到什么地步才算满意、才肯罢休？与其在这上面花费太多时间和心力，不如就地耕耘。只要努力耕耘，荒地也可以变成良田，在脚下即可栽种出幸福。

"那些永远在寻找乐土的人，他们一再为眼前的荒野哭泣，因为他们不肯停下来努力栽种。"人人想要幸福，只是"愚者向远方寻找幸福，智者在脚下栽种幸福"。从某个角度来看，上天给予每个人的，原也都是一块荒地，也许肥瘠不一，但那就是你唯一的土地，而它唯一的意义就是靠你自己去耕耘。